julia willmann

# WAS ES IST

julia willmann

# WAS ES IST

roman

fontis
BRUNNEN BASEL

**Bibliografische Information der Deutschen Nationalbibliothek**
Die Deutsche Nationalbibliothek verzeichnet diese Publikation in der Deutschen Nationalbibliografie; detaillierte bibliografische Daten sind im Internet über www.dnb.de abrufbar.



Umschlag: Simon Römer
Foto Umschlag: Arnaud Gerber
Satz: InnoSet AG, Justin Messmer, Basel
Druck: Finidr
Gedruckt in der Tschechischen Republik

ISBN 978-3-03848-106-5

Die Arbeit an diesem Roman wurde
mit einem Stipendium von der
Kunststiftung Baden-Württemberg gefördert.

*Mehr als alles hüte dein Herz;*

*denn von ihm geht das Leben aus.*

(Buch der Sprichwörter)

*Für H. G.*

*In Erinnerung an einen weiten Geist*

Im März 2008

Liebe M,

die Liebe ist blind, sagt man.
Wir sind es leider nicht gewesen.

Ich bin für eine Weile verreist.
Wenn mir das Blindsein wieder gelingt,
komme ich Euch besuchen.

V

# Zurück

*Die Erde unter dem Gras ist hart und trocken. Weiter unten, am Ende der Wiese, stehen drei dicke Frauen unter den Duschen. Ich kann sie lachen hören. Jedes Mal, wenn eine von ihnen den Duschknopf drückt und das Wasser losrauscht, entsteht ein kleiner Regenbogen. Dahinter führen Stufen aus Stein zum Schwimmbecken hinunter. Auf dem Wasser tanzt das Licht. Mir fallen die Augen zu.*

*Hufgetrappel schreckt mich auf.*

*Ein Widder hechtet über den Drahtzaun, der den Wald vom Freibad trennt. Er galoppiert den Abhang herab, direkt auf mich zu. Ich schaue ihm entgegen. Vergesse zu atmen. Am Rand meines Handtuchs macht er Halt. Erde spritzt unter seinen Hufen hoch. Er beugt den Kopf zu mir herunter. Grinst vergnügt. Wie eine Figur aus Margaretes altem Kartenspiel.*

*»Was?«, frage ich.*

*»Die Kiste in der Bettschublade. Dein Vater schläft jetzt dort. Sie ist voller Staub.«*

*»Woher weißt du das?« Eine heftige Freude fährt durch meinen Körper.*

*»Ich weiß alles«, sagt der Widder.*

*Ich rolle auf die Seite, ein Stück Handtuch wird frei. Der Widder knickt die Beine ein und streckt sich neben mir aus. Der Geruch seines Fells schlägt mir in die Nase. Im Einklang mit seinem Atem hebt und senkt sich mein Arm auf seinem warmen Körper.*

Es klingelte schon eine Weile. Das Rauschen des Zuges kam zurück, die Wärme der Wintersonne, die durch die Fenster auf ihre Beine fiel. Zeitungsseiten knisterten. Vereinzelt murmelten Stimmen.

Viola fand ihr Telefon, kurz bevor sich die Mailbox einschaltete. Sie zwang sich, wach zu klingen.

»Schelling?«

Am Ende der Leitung blieb es einen Augenblick still. Dann rief er in den Hörer, als erkunde er einen lichtlosen Keller.

»Hallooo?«

»Ja.« Sie räusperte sich. »Hallo Papa.«

Ihr Sitznachbar hob den Kopf. Als er ihren Blick sah, beugte er sich wieder über seine Papiere. Viola schirmte das Telefon mit der Hand ab.

»Lala, bist du das?«

Sie spürte, wie die Ungeduld in ihr hochkroch.

»Natürlich bin ich das. Du hast mich ja angerufen.«

Ein Knautschen am Ende der Leitung.

Sie sah, dass das Akku-Warnlicht ihres Laptops blinkte.

»Dachte, es ist jemand aus dem Büro.« Sie gähnte.

»Wie bitte?«

»Ich bin im Zug. Wollen wir später sprechen?«

Plastik scheuerte auf Plastik.

»Papa? Hast du die neuen Hörgeräte gekriegt?«

»Ähm. Hallo?«

»Ja!«

»Ah. Hm. Wie geht's?«

Sie schloss die Augen. »Ganz gut. Danke.«

Ihr Sitznachbar schlug eine Tageszeitung auf.

»Viola?«

»Ja, Papa.«

»Ich hab Blumen gekauft.«

»Gott sei Dank.«

»Wie bitte?«

»Gut! Ich habe auch was für sie.«

Die Verkäuferin hatte den Füller in ein Kästchen gelegt, das mit Samt ausgeschlagen war, und in Seidenpapier verpackt. Er war nicht billig gewesen. *Ruf mich schnell an!*, hatte auf der Postkarte gestanden, die vor einigen Wochen in Violas Briefkasten lag. *Ich weiß endlich, was du mir zum Geburtstag schenken kannst.*

»Hallo? Papa?«

Sie hörte den Zug über die Gleise rattern und das Klicken einer Computertastatur in ihrer Nähe.

»Ich versteh dich nicht«, sagte er niedergeschlagen.

»Jetzt gerade habe ich auch gar nichts gesagt.«

»Was?«

»Papa ...« Sie drehte sich zum Fenster. Ihr Wintermantel hing neben dem Sitz am Haken. Mit dem Telefon am Ohr verbarg sie ihr Gesicht in dem schweren Stoff. »Was gibt's denn?!«, rief sie.

»Was soll ich ihr sagen, wann du kommst?«

»Ach so.« Viola biss die Zähne zusammen. »Verstehe.« Sie sah auf ihre Armbanduhr. »Morgen gegen Mittag.« Ihre Lippen schliffen am Metall des Telefons. »Heute habe ich noch zu tun.«

Draußen zogen Felder vorbei. Die Sonne verschwand hinter einer Wolkenbank. Mit einem Mal sah die Landschaft aus, als würde sie frieren.

»Papa?«

»Ja«, knurrte er.

»Ich leg dann mal auf.«

»Was?«

»Ich. Lege. Auf!«

»Du kommst rauf?« Er klang erleichtert.

»Genau«, rief sie hastig. »Genau, Papa, ich komme rauf. Morgen, morgen komm ich rauf, Papa, bis dann, Papa, bis bald, bis morgen!«

Viola legte auf, in eines seiner »Ahas« hinein, und schaltete das Telefon aus. Sie sank in den Sitz. Vor ihren Augen flimmerte der Bildschirm des Laptops. Eine filigrane Tabelle. Zahlen, klein wie Fliegendreck.

Ihr Sitznachbar hüstelte in seine Zeitung. Sie spürte die Stille des Zugabteils, die über ihr hing. Ihr Mund war trocken. Der Rollkragenpullover klebte am Rücken.

—

Sie drückte den Klingelknopf und hörte das Läuten im Innern des Hauses.

Im Flur ging das Licht an. Hinter der verglasten Haustür näherte sich ein Schatten. Margaretes Statur, schmal, hochgewachsen. Eine Gerade, dachte Viola, an der man sich aufrichten kann.

Die Tür öffnete sich. »Große Frau Anzug.« Margaretes Augen lächelten. Falten durchzogen ihr Gesicht.

Sie platzierte Violas Rollkoffer auf dem Treppenabsatz. »Wissen deine Eltern, dass du hier bist?«

»Sie hat erst morgen Geburtstag.«

»Weiß ich doch, Schatz.« Sie nahm Violas Mantel entgegen. »Nimm dir Hausschuhe, hier ist es zugig. Hast du Hunger? Siehst so aus.«

Auf dem Fensterbrett in der Küche trockneten Kräuter. Die Heizung gluckerte. Unter dem Esstisch sammelte sich Wärme.

»Hier war es so kalt, dass ich dachte, mir erfriert der Feigenbaum.«

Margarete saß neben den geschlossenen Vorhängen, ein Schälmesser in der Hand. Vor ihr stand eine Schüssel mit Äpfeln. Sie griff nach dem obersten.

»Wie geht es dir?« Die Schale des Apfels fiel auf den Küchentisch.

»Gut. Macht Spaß. Ich muss nicht mehr fliegen. Jetzt fahre ich Zug.«

Margarete nahm einen weiteren Apfel und betrachtete die schrumpelige Haut. »Und deine Wohnung?«

»Auch gut. Auch anders.« Viola merkte, dass ihr Lachen bemüht klang.

Ihre Tante hob den Kopf.

»Doch«, sagte sie schnell. »Ich hatte nur noch nicht viel davon. Glücklicherweise habe ich einen Assistenten. Zwar nicht meine erste Wahl …«

Viola sah Max unter dem Licht seiner Schreibtischlampe sitzen. Vielleicht ist er fertig mit der Bilanz. Dann hat der »Schwarze Anzug« sie am Montag auf dem Tisch.

Sie dachte an die Art und Weise, wie ihr Chef *hervorragend* sagte, wenn sie ihm Ergebnisse präsentierte. *Hervorragend* war ein Lieblingswort des Schwarzen Anzugs. Bevor er es aussprach, machte er eine Gedankenpause. Jedes Mal, wenn sie das Wort von ihm hörte, erlebte sie einen Moment der Erleichterung. Eine Art Glück. Der Druck ließ für einige Stunden nach, manchmal für Tage. Bis die nächste Herausforderung kam. Und mit ihr die Angst, dass ein weiteres *Hervorragend* ausbleiben könnte.

»Hast du wieder Internet?«

»Ich habe den ganzen Abend vor der Kiste gesessen. Furchtbar.«

»Ach komm.« Viola blies in ihre Teetasse. »Du hast ganz andere Versuchungen gemeistert.«

Ihre Tante sah von den Äpfeln auf. Sie hob eine Augenbraue.

Viola musste lachen.

Aus ihrer Kindheit erinnerte sie sich an Margarete als eine Frau mit einem weichen Rücken und geflochtenem Zopf. Eine Lieblingstante, die sich nicht wehrte, wenn man ihr ein Salatsieb über den Kopf stülpte und unter der Kaffeetafel die Schuhe auszog.

Als Viola acht Jahre alt war, hatte Margarete mit dem Rauchen aufgehört und sich von ihrem Verlobten getrennt. Sie begann, sich um kranke Menschen zu kümmern und allein in den Bergen wandern zu gehen. Sie schnitt ihr Haar kurz. In den Jahren, die folgten, wurde es weiß. Ihr Blick veränderte sich. Ihre feine Gestalt wurde noch feiner, es sah aus, als würde sie wachsen. Zu Violas Erstaunen schien ihre Tante mit den Jahren jünger zu werden.

Sie trennte ihre Finger voneinander, die begonnen hatten, an der Haut rund um die Nägel zu reißen.

»Und du?«

»Danke«, sagte Margarete. »Heute war ich bei Hilde Roth. Wir sind bis zum Ende des Gartens gelaufen und wieder zurück.«

»Diese Frau, die immer im Bett lag?«

Ihre Tante nickte. »Es geht ihr besser.« Sie fing an, die Äpfel zu vierteln.

Viola versuchte, ihren Blick einzufangen. »Was hast du gemacht?«

»Nichts Besonderes.« Sie hob die Schultern. »Eigentlich das Gleiche wie immer.« Margarete zückte den Zeigefinger. »Guck mal. Ist das nicht eine schöne Farbe?« Sie beugte sich über die Apfelschalen.

Viola sah den Bilderrahmen, der über Margaretes Kopf an der Wand hing. Ihr Großvater, schwarzweiß, Schnäuzer und Brille. Ringsum Aufnahmen von Margaretes Neffen, Nichten, Patenkindern. Violas Großmutter, die in Sonntagskostüm und Kopftuch vor einem VW-Käfer stand. Daneben ein Bild ihrer Mutter. Sie trug Regenkleidung, saß in einem Ruderboot und strahlte. Nasse Locken hingen ihr in die Stirn. Viola beugte sich vor.

»Ist mir noch nie aufgefallen, das da.«

Ihre Tante sah auf.

»Das auf dem See.« Viola hob die Hand. »Wie jung sie da ist.« Und wie schön, dachte sie.

»Möchtest du Honig?«, fragte Margarete.

Sie griff hinter sich. Neben dem Honigtopf reihten sich Fläschchen und Gläser im Regal. Auf den Deckeln klebten Etiketten. Gemahlene Kräuter zeichneten sich hinter Braunglas ab. Der Anblick tat Viola gut. Ihre Tante kannte sich aus. Sie wusste, welche Pflanze die Durchblutung fördert und welche den Schlaf. Wie man sich Bauchschmerzen, Schnupfen und Kopfweh einfängt und wie man all das wieder loswird. Sie weiß alles, dachte Viola. Fast.

Wenn sie als Kind mit dem Fahrrad bei ihr angekommen war, durchgeschwitzt, und vor lauter Schluchzen kein Wort herausbekam, hatte Margarete sich auf die Lippen gebissen und Viola an sich gezogen. Sie hatte ihr die tränenverklebten Haare aus dem Gesicht gestrichen, und ihre Hände hatten dabei gezittert.

In späteren Jahren stand Viola schweigend vor dem Haus, ihre Tasche mit Schulsachen und einer Zahnbürste an sich gedrückt. Dann sah ihre Tante sie an, nickte und zog die Haustür weit auf.

›Nimm eine Dusche‹, sagte sie als Erstes. ›Das neutralisiert.‹

Margarete stand auf. Sie stellte die Schüssel mit den Apfelschnitzen in den Kühlschrank. »Aus denen wird morgen Kompott.«

Viola gähnte.

»Gehen wir schlafen«, sagte Margarete. »Ich muss morgen früh los.«

Ihre Handtasche stand im Hausflur auf dem Boden. Das Leder fühlte sich kalt an. Viola schaltete das Telefon ein.

»Ach, guck.« Margarete beugte sich in einen Winkel des Flurs. Mit den Fingern berührte sie eine Blüte, die von einem Kaktus herabhing. »Der alte Kerl blüht wieder.«

Das Display leuchtete auf. Eine Nachricht auf der Mailbox, Viola wählte.

»Hallooo?« Seine Stimme klang wacklig. »Hier Schelling!«

Sie seufzte.

»Deine Mutter ist vorhin mit dem Notarzt ins Krankenhaus gekommen. Sie hatte ein Schlägle. Bitte um Rückruf.« Es klickte.

*Ein Schlägle.* Extralangsam hatte er es ausgesprochen. Das perfekte Wort, um ein Unglück handlich zu machen. Viola starrte ihre Tante an. Sie spürte den Luftzug, der über den Flurboden kroch.

»Was ist?« Margaretes Kopf zitterte.

»Mama ist im Krankenhaus.« Die Worte klebten ihr wie Pappe im Mund. »Sie hatte einen Schlaganfall.«

Sie sah auf ihr Handy. Es war spät, der Anruf war Stunden her. Sie drückte auf Grün. Die eingegangene Rufnummer baute sich auf. Viola hörte das Freizeichen. Sie sah Margaretes Hände, ineinander verknotet, und spürte, wie es von innen gegen ihren Brustkorb hämmerte.

Der Anrufbeantworter sprang an. Sie legte auf, wählte erneut. Der Anrufbeantworter meldete sich. Ihr Vater schlief. Eingerollt auf der Seite, die Decke bis zu den Ohren gezogen.

Sie kannte das Bild.

Nachts fuhr sie aus dem Schlaf hoch. Sie horchte in die Schwärze des Zimmers. Ihr Gesicht war nass. Die Haare klebten im Nacken.

Am Morgen herrschte Ruhe im Haus. Viola schlich die Treppe hinunter. An einer Tür im ersten Stock hing eine Zeichnung. Ein Gesicht, wachsame Augen, der Mund mit einem Finger bedeckt. Sie öffnete die Tür und trat ein.

Bücherwände, Pflanzen. Draußen, am Ende des Gartens, wiegten sich Pappeln im Wind. Der Himmel war grau.

Heute wird meine Mutter neunundsechzig Jahre alt. Und noch nie hat an ihrem Geburtstag die Sonne geschienen.

Das milchige Februarlicht fiel ihr ein, in dem sie mit den Nachbarskindern vor dem Haus gespielt hatte. Cowboys, Feen, Hexen, Gespenster. Viola trug eine Daunenjacke über dem Clownsanzug und hatte Angst um ihre Schminke, die der Nieselregen verwischte. Wieder und wieder wanderte ihr Blick hinauf zu den Fenstern. Die Vorhänge waren zugezogen. Dahinter lag ihre Mutter im Bett. Sie hatte beim Frühstück angefangen zu weinen, als sie das Stiefmütterchen sah, das Violas Vater von der Kommode auf den Esstisch gestellt hatte.

Auf dem Regal in Violas Kinderzimmer stand ein Plastikvogel mit einem Frack aus Filz, weißem Kunsthaar und einem Schlitz im Rücken. Sie schlug ihn mit einem Stein aus dem Garten auf und zählte sieben Mark in Fünf- und Zehnpfennigstücken. Beim Floristen im Dorf bekam sie dafür drei rote Rosen mit Schaumgras. Die Verkäuferin stand im Halblicht zwischen Blumenkübeln und zählte ärgerlich das Kleingeld aus Violas Plastiktüte.

Das Gesicht ihrer Mutter war vom Weinen verquollen, als Viola in das Schlafzimmer trat. Mit dem Rosenstrauß in der Hand setzte sie sich an den Bettrand. Draußen drückte der Nebel das Johlen der Kinder gegen die Fensterscheiben. Die Cowboys feuerten Platzpatronen aus ihren Plastikpistolen, und die Feen, Gespenster und Hexen rannten kreischend davon.

Ihre Mutter richtete sich auf. Sie sah die Blumen an. ›Oh.‹ Sie zog die Nase hoch. ›Sind die für mich?‹

Viola nickte.

›Das ist lieb.‹ Ihre Mutter schluchzte. ›Aber jetzt ist es zu spät.‹

Ihren Vater fand sie ein Stockwerk höher, die Tür seines Büros stand einen Spalt offen. Auf seinem Kniestuhl sitzend, die Ellbogen auf die Tischplatte gestützt, starrte er durch das Fenster auf den angrenzenden Friedhof. In der rechten Hand hielt er sein Diktiergerät. Die Schreibtischlampe brannte. Ein Lichtkreis fiel auf den Arbeitstisch.

Als sie hinter ihn trat und ihm eine Hand auf die Schulter legte, zuckte er zusammen. ›Ach, du bist das.‹

Mit dem Daumen drückte er den Schalter des Diktiergeräts herunter, eine Stimme sirrte im Rückwärtsgang. Er drückte den Schalter hoch. Viola hörte blechern ihre Mutter auf Band. Sie schrie, heulte auf. Eine Tür schlug zu und wurde wieder aufgerissen. Ihre Stimme überschlug sich.

Violas Vater hob den Kopf. Sein Gesicht war von Ratlosigkeit verzerrt. ›Verstehst du das? Wegen eines Blumentopfs?‹

Ihre Füße wurden kalt. Viola stellte sich auf das Schaffell, das vor Margaretes Couch den Boden bedeckte. Daneben hatte ihre Tante ein Holztischchen platziert. Eine Kerze, in einem Postkartenständer ein Jesusbild. Es zeigte ein durchlittenes Gesicht.

Viola drehte sich um. Was jetzt kommt, darf nicht nur

wehtun. Sie ging zurück in den Flur, zog die Zimmertür hinter sich zu.

Irgendetwas muss passieren. Etwas Gutes. Bitte.

Auf dem Küchentisch lag ein Zettel, Margaretes eilige Blockbuchstaben. *MELDE MICH, SOBALD ZURÜCK. NIMM DIR WAS ZU ESSEN.* Eine Thermoskanne stand auf dem Tisch. Zwischen den Beinen eines Stuhls lagen zwei ineinander verknäulte Strümpfe.

Die Rollen ihres Koffers brummten auf dem Asphalt. Viola geriet außer Atem, drosselte den Schritt. Am liebsten wäre sie gerannt.

Zwanzig Minuten aus dem Vorort bis ins Dorf. Zu Fuß, durch die Wohngebiete und über die Feldwege, ging es schneller als mit dem Taxi. Sie überquerte die Autobahnbrücke. Sie lief am Sportplatz vorbei, an der zeitgenössischen Kirche, die sie immer an einen Bunker erinnert hatte. Am Bach gab es eine Baustelle, sie wechselte die Seite und nahm den Trampelpfad, der an den Pferdekoppeln entlangführte. Wenn sie den Blick von ihren Stiefeln hob, sah sie Vertrautes. Im Fußgängertunnel unter dem Bahndamm knirschte Rollsplitt unter den Sohlen. Der Parkplatz vor ihrer ehemaligen Schule war verlassen. Die Jalousien in den

Physikräumen waren heruntergelassen. Das Biotop war zugewachsen. Als Viola hier Abitur gemacht hatte, galt das Gebäude als modern. Inzwischen war der Beton vom Regen ausgewaschen und mit Graffiti übersät. Hinter dem Supermarkt Reihenhäuschen. Es gab sie erst seit einigen Jahren. Viola sah Vogelhäuschen und Schaukeln in den Vorgärten.

›Den Menschen hier unten geht's noch gut‹, sagte ihr Vater regelmäßig.

›Soll ich jetzt dankbar sein, dass du mich hierher verschleppt hast, zu diesem Bauernvolk?‹, war die Standardreplik ihrer Mutter.

Die Apfelbäume, die früher das Altersheim umgeben hatten, waren verschwunden. Auf den Wiesen, die den monströsen rosafarbenen Bau umgaben, war sie als Kind Schlitten gefahren. Tausend Mal dieser Weg. Hin und her, jeden Morgen zur Schule und mittags zurück. Auf einem kleinen Peugeot-Fahrrad, später auf einem klapprigen schwarzen. Mit einem Kinderschulranzen, einem bemalten Rucksack, einer Ledertasche, die ihr Vater ihr zum siebzehnten Geburtstag geschenkt hatte. Mal allein, oft zu mehreren. Barfuß, in Shorts, mit Winterschal und Mütze. Mit Haarschnitten in allen Farben. Aber nie mit diesen erwachsenen Stiefeln. Und nie mit einem solchen Druck auf der Brust.

# Der Anfang von etwas

Unter der Haustür roch es nach Kohl. Auf der Treppe roch es nach Kohl. Im Flur roch es nach Kohl. Ebenso in der Küche. Dort stand er und hörte nicht, wie sie die Wohnungstür hinter sich schloss und ihren Koffer abstellte. Er stand über einem dampfenden Topf und rührte.

»Hallo Papa.«

Sein Rücken sah schmal aus. Das weiße Haar stand von seinem Hinterkopf ab.

»Papa!«

Er drehte sich um. Eine Schürze kam vor seinem Bauch zum Vorschein, darauf das Motiv einer Cowboyweste. Rechts und links, auf Höhe der Hosentaschen, war je ein Revolver abgedruckt. Er hielt einen Kochlöffel in der Hand und guckte erstaunt.

»Grüß Gott.« Mit dem Handrücken schob er seine Brille hoch.

Viola spürte ein unsichtbares Gewicht, das auf ihre Kehle drückte. Unter dem Schulterklopfen ihres Vaters zog das Gefühl sich zurück.

»Ja … Jaja.« Er schob sie von sich.

Mit Bewegungen des Kochlöffels unterstrich er seinen Bericht.

Beim Essenkochen am Vorabend war sie umgekippt und auf Violas Vater gefallen. Der hatte versucht, sie zu halten, und war unter ihrem Gewicht zu Boden gegangen. Er lag auf den Fliesen des Küchenbodens, und Violas Mutter lag regungslos auf ihm.

»Schwer wie ein Wal. Ja, da schaust du jetzt. So war's! Nach ein paar Minuten war der Notarzt schon da. Derweil hab ich sie ins Wohnzimmer auf den Teppich geschleift. ›Heben Sie den linken Arm‹, hat er gesagt. Da war sie schon wieder wach und hat den rechten Arm hochgehoben. ›Nein, den linken‹, hat er gesagt, immer wieder, ›den linken, den linken‹, und sie hat jedes Mal den rechten Arm hochgehalten.«

Im Topf, der auf dem Herd stand, wälzte sich Luft durch das Gekochte und warf Blasen.

»Wir müssen ihr Sachen ins Krankenhaus bringen. Schlafanzug und so was. Sie kommt raus aus der Intensivstation, in ein normales Zimmer. Es geht ihr den Umständen entsprechend gut. Sagen die Ärzte.«

»Und wie geht es dir?«, fragte sie.

»Tja.« Er zuckte mit den Schultern. »Tja jetzt.«

Mit dem Holzlöffel deutete er auf den dampfenden Topf.

»Deine Mutter hat einen hervorragenden Wirsingeintopf gekocht. Ich hab gestern Nacht davon gegessen, als ich aus der Klinik kam. Ist noch was übrig. Magst du?«

Sie stand mit dem Rücken zur Schrankwand. Im Halbdunkel roch es nach Haarspray und nach gelüfteten Kissen.

Das »Ewige Schlafzimmer«. Viola stellte die leere Reisetasche ab und ging um das Bett herum. Sie zog die Vorhänge auf. Licht stellte den Raum bloß.

Eine Kleiderstange war unter dem Gewicht eng gereihter Jacketts und Blusen eingeknickt. Auf dem Frisiertisch zwischen Fenster und Schrankwand lagen Frischhaltebeutel mit Lakritzmäusen. Daneben stapelten sich Schüsseln und Schälchen. Lippenstifte, Tuben, Pinsel, kleine Flaschen. An den Arm eines Kosmetikspiegels hatte ihre Mutter Ketten gehängt. Perlen und glitzernde Anhänger hatten sich ineinander verknotet. Violas Blick fiel auf den Nachttisch. Zwischen Bücherstapeln und Papiertaschentüchern lag eine Möhre. Daneben stand eine Reihe Sprudelflaschen. Bei manchen fehlte der Deckel. An den Öffnungen klebte Lippenstift.

Wenn sie als Kind nicht schlafen konnte und sich hierhergeschlichen hatte, war ihre Mutter hochgefahren und hatte Violas Namen in die Dunkelheit gerufen. Dann tastete sie nach einer Wasserflasche und trank in großen Zügen. Viola erinnerte sich an das Geräusch ihrer Schlucke, die im Dunkeln unnatürlich laut geklungen hatten.

Einmal wach, schlief ihre Mutter lang nicht wieder ein und drehte sich hin und her. Die Kunst bestand darin, sie nicht aufzuwecken. Viola schlich auf Zehenspitzen, mit angehaltenem Atem in den schwarzen Raum. Nach jedem Schritt machte sie Halt und horchte. Behutsam setzte sie sich, ihre Decke im Arm, auf die Matratze. Eine Hand zuerst, dann die andere, ein Bein, das andere, damit der Lattenrost nicht quietschte. Bis sie dem Körper ihrer Mutter nah war. In der Wärme, die von ihm ausging, wurden Violas Gedanken träge und verschwanden.

Das breite Bett war ihre Insel, ihr Versteck. Hier war sie geborgen, selbst wenn ihre Mutter nicht da war. In die Decke vergraben schaute sie durch die Dunkelheit des Zimmers auf die Umrisse der Kleider ihrer Mutter, die dem Bett gegenüber an der Schrankwand hingen. Bis sie einschlief, hielt sie sich mit ihrem Blick an den Blusen und Röcken fest. An dem himmelblauen Morgenmantel mit den eckigen Knöpfen.

Viola befühlte den brüchigen Stoff. In diesem Morgenmantel hatte sie ihre Mutter kein einziges Mal gesehen. Immerzu hatte er an der Schrankwand gehangen und nach und nach seine Beweiskraft verloren.

Sie wischte Staub vom Leder der Reisetasche. Sie öffnete die Türen der Schränke, zog Schubladen auf. Unterhosen, Hemdchen, Strümpfe, ein Nachthemd, eine Haushose, zwei identische T-Shirts, einen BH mit großen Körbchen und Rüschenträgern, den schlichtesten, den sie fand, legte sie in die Tasche. Zwei Hausschuhe, ein linker, ein rechter, standen unter dem Bett. Sie ähnelten einander. Viola drückte die Sohlen aufeinander und schob die Schuhe in das Außenfach der Tasche. Dann nahm sie den Morgenmantel vom Haken. Der Stoff krachte leise, als sie ihn faltete. Das weiche blaue Paket fand gerade noch Platz. Sie zog den Reißverschluss zu.

Das ist alles, dachte sie, um sich festzuhalten.

—

Das Krankenhaus war ein Bau aus den 1980er Jahren. Viola erkannte ihn wieder, als sie parkten. Ihr Sportclub war ganz in der Nähe gewesen. Als Jugendliche war sie oft mit dem Fahrrad hier vorbeigefahren, ohne das Gebäude, das hinter

Büschen lag, zu beachten. Aber das geht jetzt nicht mehr. Ihr Blick wanderte die Betonfassade hinauf. Jetzt gibt es eine Verbindung. Ab sofort haben wir zu tun mit diesem Klotz, müssen hineingehen und nach jemandem suchen, der zu uns gehört.

Raucher in Rollstühlen und auf Krücken standen in der Nachmittagsdämmerung, Wolken aus Qualm vor den Gesichtern. Hinter der Glasfront des Eingangsbereichs flimmerte das Licht eines Kiosks. Davor standen Tische. An einem saßen zwei alte Damen in Hausanzügen und aßen von Papptellern Kuchen. Es roch nach Desinfektionsmittel. Die Frau an der Information kaute Kaugummi.

Sie trug die Reisetasche zum Aufzug, ihr Vater trottete hinterher. Der Flur war mit PVC ausgelegt. Viola ging schneller. Türen, Türen. Ein Getränkeautomat, daneben zwei Stühle. Türen, Türen, Türen, eine Tür. Noch eine Tür. Der Name ihrer Mutter.

»Hier«, sagte ihr Vater.

Sie klopfte und öffnete. Eine Welle kam angerollt und trug sie an das Metallbett am Fenster.

Die Wangen in ihren Händen, weich und klebrig. Zwei dunkle Augen guckten erschrocken.

»Mama … Was machst du denn für Sachen?«

»Weiß nicht.«

»Alles Gute zum Geburtstag.«

Ihr Rücken wölbte sich unter dem Krankenhaushemd.

»Was sagen die Ärzte?«

Hängende Schultern, zerdrücktes Haar.

»Sag mal. Lassen die dich hier einfach so liegen?« Ihr Vater drehte sich weg.

Viola versuchte sich aufzurichten. Ihr war, als läge eine Rüstung auf ihren Schultern. Ihr Körper war hart, eine Festung. Aber es gab keinen Gegner mehr. Mama, bitte. Sie rieb sich die Stirn, zog an ihrem Mantelkragen. Zeig ein kleines bisschen Leben.

Im Hintergrund polterte es. Ihr Vater zerrte ein Regalbrett aus dem Boden des Schranks und fluchte leise. Er beugte sich über die geöffnete Reisetasche.

»So. Ein Nachthemd für dich. Unterwäsche. Dicke Socken. Dann, hier: Hausschuhe. Und ein Morgenmantel.«

»Der blaue«, ergänzte Viola. »Mit den Knöpfen.«

Ihre Mutter saß reglos. Sie zuckte nicht, als die Tür aufflog.

Eine Frau marschierte auf sie zu. Hohe Absätze, schwarzes Haar. Chiffonbluse, Tigerfell-Optik. Make-up im herben Gesicht.

»Meine Liebe«, sagte sie. Viola und ihrem Vater nickte sie zu. »Was machst du denn für Sachen?«

»Ja.« Violas Mutter klang kleinlaut.

»Hallo Ines.« Viola sah zu, wie die Besucherin, ohne hinzuschauen, mit einem Absatz die Arretierung des zweiten, unbenutzten Betts löste. Sie schob es ein Stück näher ans Fenster, bremste und nahm Platz. Ihre Handtasche aus goldgefärbtem Leder stellte sie neben sich ab und schlug ein Bein über das andere.

Ines in Bestform, dachte Viola. Anders kennt man sie nicht.

Zwanzig Jahre hatte Ines' Mutter in der Souterrainwohnung des Elternhauses gewohnt. Im Lauf der Jahre war eine Freundschaft zwischen Ines und Violas Mutter entstanden. Die hielt, als Ines' Mutter ins Pflegeheim kam.

Viola erinnerte sich, wie ihre Mutter zusammen mit Ines vor dem Haus gestanden hatte, wo die beiden sich oft in Gespräche vertieften. Ines liebte Probleme. Ausgesprochene, definierte Probleme, denn Lösungen waren ihre Spezialität. Sie verdiente ihr Geld als Vertreterin für Nahrungsergänzungsmittel. Kinder hatte sie nicht und keine Tiere und keinen Mann.

Nur ab und zu, dachte Viola, aber davon spricht sie wenig, und wenn, nur am Rande. ›Mein Freund ist ja zweiundzwanzig Jahre jünger als ich‹, sagte sie zum Beispiel en passant, und sofort begann man zu rechnen. In Ines' Fall ein gewagter Versuch.

»Liebste, du hast einen Fehler gemacht.« Ines klang streng. Mit einem Ruck zog sie den Reißverschluss ihrer Handtasche auf. »Ich habe es dir so oft gesagt, ich habe dir tausend, hunderttausend Mal gesagt, dass du nicht so fett essen sollst und nicht so viel Fleisch. Wieso bist du derart unbelehrbar?«

Genau, dachte Viola überrascht. Sag du es ihr, uns hört sie nicht zu.

»Ernährungsschäden nennt man so was.« Ines sprach mit Nachdruck. Sie zog den Nachttisch zu sich heran und begann, kleine Plastikdosen aus ihrer Handtasche zu packen. In bunten Farben waren Tabletten darauf abgebildet.

»Vitamine in Reinform.« Sie stapelte Döschen auf Döschen. »Ab sofort nur noch zuckerfrei, kein Fett, kein Fleisch, du musst dich viel mehr bewegen, wenn du hier rauskommst. Dein Körper kann all das nicht mehr verkraften. Merkst du das nicht?« Ines machte eine Effektpause. Dann rief sie: »Aufwachen, meine Liebe! Du hattest einen Schlaganfall!«

Alle nickten.

Violas Mutter schaute bekümmert.

Wie ein Schulkind. Viola spürte die Aufregung, die an ihrem Körper zerrte. So hatte sie ihre Mutter nie gesehen. Vielleicht war das ein gutes Zeichen, der Anfang von etwas?

Vielleicht war dies der Augenblick, in dem ein Zugang sich öffnete. Eine geheime Tür, nach der zu suchen Viola längst aufgegeben hatte, erfüllt von einer Wut, die im Lauf der Jahre versteinerte.

Vielleicht konnte ihre Mutter jetzt etwas hören. Etwas, das nicht nur diese Krankheit, sondern die Dinge im Ganzen betraf. Viola betrachtete ihre zerkauten Fingerkuppen. Dass ein friedliches Leben möglich ist. Eines, in dem Zusammenhänge existieren. Ein Leben mit verlässlichen Konsequenzen. Und gemäßigtem Cholesterin.

Plötzlich war es still. Sie hob den Kopf. Ines war zum Ende gekommen. Violas Mutter riss die Augen auf und nickte.

»Nun wisst ihr, was gute Ernährung bedeutet«, bilanzierte Ines. Sie stand auf. »Und jetzt hole ich dir neues Wasser.«

Im Türrahmen drehte sie sich um und stach einen Zeigefinger in die Luft. »Mit Trinken fängt alles an. Das ganze gesunde, bessere Leben.«

Viola holte Luft.

Ihr Vater stand in der Ecke des Zimmers und drehte den Autoschlüssel zwischen den Fingern.

Ihre Mutter hielt den Kopf gesenkt und sah ihre Hände an. Sie lagen auf dem Bettlaken, als habe jemand sie abgeschraubt und vergessen.

Ines kam zurück. Ihr Gesicht wirkte betroffen hinter dem Rücken einer Ärztin, die Viola und ihrem Vater die Hand drückte. Ihr Kittel stand offen. Darunter trug sie einen Pullover, der auf Bauchhöhe einen Zierfisch zeigte. Blasen stiegen aus seinem Maul Richtung Halsausschnitt.

»Es tut mir leid.« Sie wandte sich Viola zu. Ihre Hände verschwanden in den Taschen des Kittels. »Ich hatte Ihrer Mutter heute Morgen bei der Visite alles erklärt, aber offenbar …« Sie sah zu Boden. »Sie ist wohl noch nicht in der Lage, neue Informationen aufzunehmen.«

Alle Köpfe drehten sich Richtung Bett. Violas Mutter schaute fiebrig in die Runde.

»Was für Informationen?« Viola biss die Zähne aufeinander.

»Es besteht die Möglichkeit, dass Ihre Mutter gar keinen Schlaganfall hatte«, sagte die Ärztin.

Wie kann sie so sachlich sein? Viola sah in das glatte Gesicht. Dafür ist sie viel zu jung. Sie stellte sich die Ärztin in einem blumenreichen Zuhause vor, wo es nach Weichspüler roch und auf dem Bett Plüschtiere lagen. Die Bio-Wollbären aus unserer Herbstkollektion, dachte sie automatisch.

»Bei der Untersuchung ihres Gehirns haben wir Narben entdeckt«, fuhr die Ärztin mit Blick auf Viola fort. »Keine Narben, die auf Multiple Sklerose hindeuten, also keine degenerative Erkrankung. Es sieht eher nach einer heftigen Beschädigung aus.«

»Wie bitte?« Violas Vater stand hinter Viola und fingerte an seinem rechten Ohr. Seine Hand zitterte.

Ines räusperte sich aus einer Ecke des Zimmers.

Viola lachte nervös. »Eine Beschädigung?«

»Ja«, sagte die Ärztin. »Das MRT zeigt Vernarbungen, die sehr alt zu sein scheinen. An verschiedenen Stellen des Gehirns.«

Viola hörte ihrer eigenen Stimme zu, die eine Frage stellte.

Ihr Vater beugte sich vor. Mit der Hand formte er eine Schale hinter dem Ohr. Sein Hörgerät rutschte aus der Ohrmuschel und fing an, mit hoher Frequenz zu piepsen.

»Drei Regionen des Gehirns sind betroffen. Einmal im Neocortex, das ist ein Bereich im Großhirn, der für die Gedächtnisleistung zuständig ist.« Die Ärztin legte den rechten Zeigefinger in ihre linke Hand. »Dann im präfrontalen Cortex, ein, sagen wir, Ordnungszentrum, in dem Erlebnisse bewertet und Handlungen gesteuert werden. So eine Art Exekutive.« Der Mittelfinger kam dazu. »Und im limbischen System. Das ist für die Verarbeitung von Gefühlen zuständig. Für das emotionale Erleben.« Die Ärztin gab ihren Ringfinger zu den beiden anderen, umschloss sie mit ihrer linken Hand und machte eine Sprechpause.

Es fiepte. Die Schläuche des Hörgeräts hatten sich gegeneinander verdreht. Unter dem ausdruckslosen Blick der Ärztin fummelte Violas Vater an dem zierlichen Kunststoff-Apparat.

»Wir vermuten, dass der Anfall, den Ihre Mutter erlitten hat, mit diesen Narben zusammenhängt. Eine Fehlfunktion des Gehirns, ein Überlastungsmoment. Vergleichbar mit einem epileptischen Anfall.«

Viola konnte nicht folgen. Sie hakte nach. Wiederholte Begriffe, die dadurch nicht verständlicher wurden.

Die Ärztin schwieg.

»Aber woher kommen diese Schäden, diese Narben im Kopf?«

»Unklar.« Die Ärztin zog die Mundwinkel nach unten. »Eine plötzliche Beeinträchtigung, eine Verletzung? Jedenfalls etwas, das lang zurückliegt. Ihre Mutter müsste das wissen.«

»Äh. Wie?« Das Hörgerät saß wieder. Violas Vater trat einen Schritt vor.

»Eine Beeinträchtigung, die lang zurückliegt«, wiederholte Viola.

»Was?« Sein Blick wanderte zwischen Viola und der Ärztin hin und her. Die sah schweigend zu Boden und begann, mit etwas in ihrer Kitteltasche zu spielen.

»Und was passiert jetzt?« Viola hatte Mühe zu sprechen.

»Zur Überwachung bleibt sie noch einige Tage hier.« In der Kitteltasche der Ärztin klimperte es. Ein Schlüssel vielleicht, dachte Viola, oder Kleingeld. Gleich holt sie sich draußen am Automaten einen Kakao. Setzt sich ins Ärztezimmer und erzählt den Kollegen von ihren Wochenendplänen.

Medikation austarieren. Betablocker, Blutverdünnung, Epilepsiemittel. Unverdauliche Worte. Viola schüttelte den Kopf.

»Voraussichtlich wird sie Montag entlassen.«

»Wohin?«, fragte sie entsetzt.

»Das ist noch zu klären«, sagte die Ärztin, schüttelte Hände und verschwand.

Ines öffnete eine Wasserflasche. Es zischte. Sprudel gluckerte in ein Glas. Sie trank mit hastigen Schlucken.

»Narben?« Ihr Vater starrte Viola an.

»Keine Ahnung.« Sie sah hinüber zum Bett.

Ihre Mutter hockte hinter einem Turm Pillendöschen und schwieg.

—

Auf der Heimfahrt sah sie aus dem Seitenfenster. Ihr Vater fuhr schnell. Viola zählte die Leitplanken, die leuchtend aus der Dunkelheit hervortraten.

›Fahr außen, dann wird die Straße breiter.‹ Er hatte den Spruch zitiert, jedes Mal wenn ihre Mutter auf dem Beifahrersitz zu schreien anfing. ›Du fährst viel zu weit außen‹, schrie sie dann, ›weil du ein unsensibler Schlappier bist. Das zeigt sich deutlich am Steuer.‹

Im Auto hatte sie oft etwas auszusetzen gehabt. Fuhr Violas Vater schnell, war er unbeherrscht. Fuhr er langsam, war er in Gedanken woanders. Fuhr er im vorgegebenen Tempo, ging es ihr trotzdem zu schnell. Oder zu langsam, dachte Viola. Je nachdem, wie sie aufgelegt war.

War sie glücklich gewesen, auf langen Autoreisen zu Ferienbeginn, hatte sie ein Liederbuch aus dem Handschuhfach gekramt und gesungen. *Das hat deine Schönheit gemacht, die hat mich zum Lieben gebracht mit großem Verlangen.* Die Augen ihrer Mutter hatten geleuchtet, wenn sie sich zur Rückbank drehte, um Violas Beine zu streicheln. Pure Freude. Viola dachte zurück. Die ganze Welt hing von ihr ab. Und ging mit ihr unter, wenn plötzlich etwas anderes kam.

Ihr Vater nahm eine Kurve. Sie fühlte, wie ihre Handtasche im Fußraum des Wagens von einer Wade gegen die andere kippte. Das Geburtstagsgeschenk fiel ihr ein. Liegengeblieben, am Boden der Tasche. Wie jedes Jahr, dachte Viola, nur schlimmer. Dabei feiert sie so gern.

Violas Kindergeburtstagen hatte ihre Mutter entgegengefiebert. Sie füllte die Vorratskammer mit Luftschlangen, Bonbontüten, Grillwürstchen, Zuckerstangen, Gummibärchen und Luftballons. Sie buk Kuchen und fror in der Tiefkühltruhe Eis ein. Stets durfte Viola die Zahl an Gästen einladen, die zusammen mit ihr ihrem Alter entsprach.

Ihr siebter Geburtstag fand auf der Terrasse statt. Blauer Himmel. Hitze. Um beim Spielen vier Zweierteams bilden zu können, machte Violas Mutter mit. Beim Mumienspiel ließ sie sich von Svenja, der besten Schülerin aus Violas Klasse, von Kopf bis Fuß in Klopapier einwickeln. Beim Topfschlagen knipste sie drei Filme mit ihrem Fotoapparat und rief am lautesten ›Heiß! Heißer!! Kaaaaaalt!‹. Die schüchternen Kinder nahm sie auf den Schoß und drückte sie an sich, wenn es spannend wurde, und sie hatte Tränen in den Augen, als Evi, das Mädchen vom Milchhof, keinen Apfelring von der Wäscheleine zupfen konnte. Für den Luftballontanz drehte sie die Schlumpfenhitparade so laut, dass zwei weißhaarige Damen vom angrenzenden Friedhof verärgert mit ihren Gießkannen winkten. Beim Wattepusten feuerte sie Violas Gruppe frenetisch an, bis Simone, die Viola aus dem Malkurs kannte, vom Hyperventilieren schlecht wurde.

Streit brach aus, als man sich beim Feuerballspielen nicht

darauf einigen konnte, welche Mannschaft Violas Mutter dabeihaben durfte. Sie gewann im Endspurt beim Eierlaufen und schenkte ihren Preis, einen Kermit zum Aufziehen, Violas Freund Gero. Der stand in Knickerbockern unter dem Sonnenschirm und aß sein viertes Eis. Der Gesichtsausdruck der speckigen Nachbarstochter Renate fiel Viola ein, als Violas Mutter ihr beim Schokokuss-Wettessen mit verbundenen Augen einen Mohrenkopf auf der Stirn zerrieb.

Gegen Ende des Nachmittags fläzten alle in den Gartenstühlen und tranken Brause. Gero bekam einen Heulkrampf, als sein Vater in der Tür stand, um ihn abzuholen. Zur Verabschiedung der Geburtstagsgäste stand ihre Mutter am offenen Fenster und winkte. ›Juhuuu!‹, rief sie. ›Juhu und bis zum nächsten Mal!‹ Als Letzte ging Renate von nebenan. Sie stand in der Tür und zupfte Viola am Kleid. Sahne klebte an ihrer Schläfe. ›Meine Eltern sagen, deine Mutter spinnt‹, flüsterte sie. ›Aber ich find sie toll.‹

Das Fernlicht eines entgegenkommenden Wagens beleuchtete Tannen am Straßenrand und erlosch. Viola sah auf die Ziffern der Uhr im Armaturenbrett. Ein paar Stunden Schlaf lagen vor ihr. Morgen nehme ich den Zug, dachte sie. Zurück in mein verlässliches Leben.

»Papa?«

Ihr Vater blickte über das Steuer in die Dunkelheit.

»Hm.«

»Was machen wir jetzt mit dieser ... also, was die Ärztin gesagt hat?« Ihre Stimme wurde leiser.

»Hm.«

Er lehnte sich vor und drehte die Lüftung auf. Heizungsluft blies ihr ins Gesicht.

»Also, ich hab nicht verstanden, was die junge Frau erzählt hat. Was die da ausbrüten.«

Wärme breitete sich im Wagen aus.

Viola spürte, wie müde sie war.

»Papa?«

»Hm.«

»Kommst du allein zurecht, glaubst du?«

»Ob ich ... wie war das?«

»Kriegst du das hin in nächster Zeit, ohne Mama? Einkaufen, kochen, Wäsche, all das?«

»Aber natürlich«, sagte er. »Ich wasche meine Sachen doch schon lange selbst. Und kochen kann ich auch.«

»Was denn?«

»Grießbrei.« Er schob das Kinn vor. »Mit Haselnüssen und Zimt.«

Viola atmete ein.

Die Lüftung rauschte.

»Papa?«

»Hm!«

»Wie alt, glaubst du, ist Ines?«

Er brummte. »Irgendwas zwischen sechzig und fünfundzwanzig. Von der Aufmachung her eher noch jünger. Aber dafür weiß sie zu viel.«

—

Sie drückte alle Klingeln. Keiner öffnete.

Ihr Schlüsselbund. Wohnung, Keller, Fahrrad, Firma. Vor der Abfahrt hatte sie ihn auf der Suche nach einem Lippenstift im Badezimmer ihrer Eltern aus der Handtasche gezogen und auf den Waschbeckenrand gelegt. Ersatz wartete in sicherer Entfernung auf dem Rahmen ihrer Wohnungstür im fünften Stock. Violas Blick wanderte die Fassade hinauf. Das Haus war kurz vor ihrem Einzug saniert worden. Nicht jeder konnte sich hier die Mietkosten leisten, schon gar nicht die der ausgebauten Dachwohnung. Dort waren die Wände noch kahl. Glatter weißer Putz, der Viola beruhigte. Symmetrisch hingen ihre Handtücher über den Stangen im Bad. Ein Mal pro Woche kam Jola, ihre Putzfrau aus Polen, und wischte saubere Böden und glänzende Flächen. Hoffentlich hat sie die Wäsche in Ruhe gelassen, dachte Viola. Auf das Telefontischchen im Flur hatte sie zu den Geldscheinen einen Zettel gelegt. *Danke, Jola! Ich bügle selbst!*

Viola klingelte wieder, hielt die Knöpfe lange gedrückt.

Sie hatte viel erreicht. Der Welt der überquellenden Kleiderschränke, der verklebten Bonbontüten und der Fertigsuppen aus ihrem Geburtsjahr hatte sie etwas entgegengesetzt. Hundert, dreihundert, fünfhundert Kilometer Entfernung. Dieses Kostüm. Diese Stiefel, in denen sie morgen zur Arbeit zurückkehren würde. Zu ihrem Schreibtisch, ihrer sicheren Insel, von der aus sie Max durch eine Glastür dabei zusehen konnte, wie er ihre Termine plante und für sie das Telefon abnahm.

Vögel durchquerten den Abendhimmel. Viola sah ihnen nach, bis sie über den Dächern verschwanden. Drei Häuser weiter, vor der türkischen Kneipe, standen zwei Männer neben einem Mercedes. Sie rauchten und unterhielten sich. Aus dem Fenster des Wagens drang Lautenmusik.

Der Türöffner summte. Jemand hatte sie gehört.

Ihr Herz klopfte hart, als sie die Wohnungstür aufschloss. Jedes Mal ging das so, seit dem Einzug in die neue Wohnung. Die Gedanken blieben nur für Sekunden. So lange, wie Viola brauchte, um den Schlüssel ins Schloss zu stecken und herumzudrehen.

Wo würde sein Klavier stehen? Im Wohnzimmer neben dem Fenster? Läge jetzt im Flur hinter der Wohnungstür ein loser Haufen Kinderschuhe? Sicher hätte er auf der Terrasse Blumen gepflanzt. Und eine Hängematte gespannt.

Viola schaute auf das Holz der Wohnungstür und sah Yannick. Mit dem Rücken zu ihr stand er in der Küche. Er trug Jeans, die locker von den Hüften hingen, und eines seiner Hemden, kragenlos, ausgebleicht an den Schultern. Sie hörte Olivenöl, das in einer Pfanne zersprang. Auf der Anrichte lagen Kräuter. Im Radio lief Jazz. Yannick summte mit.

Sobald sie die Tür aufstieß, war es vorbei. Die Diele war dunkel. Es war still. Viola machte zwei Schritte und ertastete den Lichtschalter. Sie legte die Post auf dem Telefontisch ab. Die Geldscheine waren verschwunden. Der Zettel, den sie geschrieben hatte, lag noch da. Neben ihre Nachricht hatte Jola ein Fragezeichen gemalt. *Viele Grus!,* stand darunter. Das Bügelbrett zeichnete sich als schwarze Silhouette im Wohnzimmer ab. Daneben war der Umriss eines Wäschekorbs zu erkennen.

Sie packte im Bad ihren Koffer aus, einen Ballen schmutziger Wäsche, eine Kosmetiktasche. Dann wählte sie die

Nummer des Lieferservices, dessen Prospekt zuoberst auf dem Telefontisch lag.

»Ich hätte gern etwas Gesundes«, sagte sie, nachdem sie von einer metallisch klingenden Stimme begrüßt worden war.

»Haben wir nicht.«

»… dann – okay, was ist Ihre Spezialität? Ich sehe hier mexikanisches Essen, Pizza, indischen Reis, Frühlingsrollen … Haben Sie so eine Art Schwerpunkt?« Ihre Stimme hallte an den Flurwänden wider. Sie sah zur Decke. Eine Glühbirne hing direkt über ihrem Kopf.

»International, Madame.«

»Aha.« Viola spürte, dass sie unsicher wurde. Sie fing an, sich zu ärgern. »Dann Nummer 14. Den gemischten Salat.«

Sie musste kurz überlegen, als die Metallstimme sie nach ihrer Adresse fragte. Nachdem sie aufgelegt hatte, ging sie die Post durch. Werbeprospekte, ein Spendenaufruf von Misereor, Kontoauszüge, die ihre Bank verschickte. Eine Grußkarte. Das Adressfeld war mit dem Nachsende-Etikett der Post überklebt. Die Karte zeigte den Kopf eines Neugeborenen. Es lag auf einer Backe und schlief. *Line! Hier herrscht Chaos, aber es ist vollbracht,* stand umseitig. *Unsere kleine Familie ist groß geworden! Wie geht es dir??? Lass mal wieder von dir hören, wir freuen uns. Caro & Co.*

Viola beugte sich über das Bild. Eine winzige Faust lag im Vordergrund und verdeckte das Kinn des Babys. An seinem Mundwinkel hing eine Speichelblase. Schwarzer Haarflaum bedeckte den Kopf. *Bruno Marquez* stand am unteren Ende der Karte. Daneben hatte Caroline mit Kugelschreiber ein Herz gemalt.

Als sie noch ihre Busenfreundin war, hieß Caroline mit Nachnamen Dörfler. Viola kannte sie seit ihrer Schulzeit. Sie hatten zusammen Betriebswirtschaftslehre studiert und ihre erste Anstellung in derselben Stadt gefunden. Zwei Mal die Woche kochten sie abends zusammen, sonntags gingen sie gemeinsam joggen. Sie besprachen sich, wenn Entscheidungen anstanden, und erzählten einander am Telefon ihren Tag. Dann lernte Caroline Juan kennen. Und verschwand, dachte Viola, wie alle anderen.

Vor drei Jahren, an einem Frühlingsabend, hatte sie mit Caroline in der Innenstadt auf den Stufen des Theaters gesessen. Caroline hatte von Juans Heiratsantrag berichtet. Davon, dass sie sich vorstellen könne, vorerst ihre Karriere für ein Kind zurückzustellen.

›Was meinst du mit vorerst?‹, hatte Viola gefragt. ›Wozu dann das Studium? Und wozu die Doktorarbeit, wenn du direkt alles ad acta legst?‹

Statt einer Antwort von Caroline hatte ihr eigenes Handy geklingelt. Sie stand kurz vor ihrem Umzug. Die Speditionsfirma, die ihr neuer Arbeitgeber bezahlte, hatte Fragen. Während Viola sprach, schrieb Caroline eine SMS. Dann holte sie in der Eisdiele nebenan zwei Waffeln mit je drei Kugeln Eis.

Sie aßen und sahen zu, wie es dämmerte. Eine Straßenbahn hielt. Menschen stiegen ein und aus, trugen Aktentaschen, Rucksäcke, Einkaufstüten. Die Bahn fuhr an und rumpelte über die Kreuzung. Viola blickte ihr nach. In den Schaufenstern auf der anderen Straßenseite gingen die Lichter an. Zum ersten Mal, seit sie Freundinnen waren, fühlte sie sich in der Stille mit Caroline unwohl. Als sie sich zur Seite wandte, sah sie, dass Caroline Tränen in den Augen hatte. Sie schlang die Arme um Viola und zog sie an sich. Lang hielt sie sie fest.

›Macht mich traurig, dass du gehst‹, sagte sie. ›Allein. Dass das nicht geklappt hat mit euch.‹

Viola spürte die Wärme von Carolines Wange an ihrem Ohr. Sie sah auf die Eiswaffel, die sie hinter dem Kopf ihrer Freundin in der Hand hielt. Blaubeere, ihr Lieblingsgeschmack. Ein violettes Rinnsal lief die Waffel herunter und erreichte ihren Daumen. ›Schon gut, Caro‹, murmelte sie. ›Schon gut.‹

Viola hob den Kopf, schob die Schultern zurück. Ihr Rücken tat weh. Sie ging ins Wohnzimmer und bediente den Schalter der Stehlampe. Licht fiel auf die Ledercouch, den Flachbildfernseher, das lackierte Sideboard. Sie bückte sich und steckte den Stecker des Bügeleisens ein. Mit einem Fauchen setzte das Gerät sich in Gang. Das Lämpchen, das den Anstieg der Temperatur anzeigte, blinkte.

Sie griff nach einem Bettlaken, das zuoberst im Wäschekorb lag, und breitete es auf dem Bügelbrett aus. Wellen aus Stoff fielen zu Boden. Weiß. Der Anblick tat ihr wohl. Bis die Bilder sich in ihr Bewusstsein schoben. Das leere Gesicht ihrer Mutter. Viola hob das Bügeleisen an, stellte es auf das Laken. Der ratlose Körper. Sie drückte den Dampfknopf. Heißer Dunst zischte. Dampf und Wärme stiegen auf. Es roch nach frisch gewaschenem Stoff.

Langsam schob sie das Eisen über das Leintuch. Befühlte das Gewebe, strich über das Weiß. Stellte sich frisch gefallenen Schnee vor. Stellte sich vor, frisch gefallenen Schnee zu betreten. Sehr früh am Morgen, dachte sie, an einem anderen, ganz neuen Tag.

—

Mittags öffnete Max die Glastür ihres Büros, ohne anzuklopfen.

»Vivi, ich bin jetzt ein Mal grob durch.« Seine schleppende Stimme hatte es ungewohnt eilig. »Tiere der Meere gut, Tiere des Nordens gut, Eisbären und Pinguine sogar sehr gut, da wurde ja gerade die Lizenz abgeschlossen.« Er nahm den Blick von dem Papier in seiner Hand und sah Viola an. Sein Gesicht zeigte Bewunderung.

»Wassertiere sind okay«, fuhr er fort. »Na ja. Und der Bauernhof stagniert, das wussten wir ja. Alle Serien um die null, also zumindest keine Verluste. Außer die Hasen.« Er verzog das Gesicht. »Alle, Vivi. Vater und Mutter. Und Mux. Und Minni. Am schlimmsten der Vater. Da sind die Zahlen nach der letzten Messe quasi senkrecht …«

Viola fragte sich, ob das, was sein Gesicht zeigte, Panik war. Als sie aufstand und ihre Bürotür schloss, folgte Max jeder ihrer Bewegungen mit den Augen.

»Der war Marktführer«, sagte er weinerlich. Er hielt ihr das Papier hin.

Viola nahm es entgegen, ohne hinzusehen. Sie lehnte sich an die Glastür. »Ich weiß.«

Max' Hände hingen herab wie die Schaufeln eines Baggers. »Und jetzt?«

Sie dachte nach. »Hol sie bitte erstmal her, die Hasen.

Diese Versammlung hier kann vorläufig weg.« Sie zeigte auf den Rollschrank neben ihrem Schreibtisch. Zwischen Akten und einer leeren Vase stand eine Gruppe Plüsch-Elefanten. Daneben lag eine Giraffe aus Fell. »Und wir brauchen jetzt die Zahlen der Konkurrenz. Ich weiß, es ist unschön. Aber bitte versuch das.«

Max nickte.

Eine halbe Stunde später kam er mit zwei nummerierten Kartons zurück in ihr Büro und reihte die Hasenfamilie am Rand ihres Schreibtischs auf. Den Hasenvater mit eingenähter Nickelbrille, Krawatte und geschultertem Stoffrucksack, seine Frau mit Picknickkorb und Kopftuch, aus dem zwei Hängeohren schlappten. Daneben die Hasenkinder. Minni trug ein Schürzenkleid mit Punkten. Auf dem Rücken ließ ein Loch im Stoff Platz für ihren Stummelschwanz. Mux hielt rechts einen Tennisschläger. Seine Hinterpfoten steckten in Sportschuhen aus Filz.

Violas Augen wanderten zu Max.

»Die gibt's auch in Weiß. Aber ich dachte, ich bringe erst mal die grauen mit.« Seine Schultern hingen nach vorn, als zöge ein unsichtbares Gewicht sie herunter. Er legte den Kopf schief. Mit je zwei Fingern seiner Pranken rückte er Minnis Kleid zurecht.

»Eigentlich ganz hübsch.«

Als er den Blick hob und sie ansah, konnte Viola zum ersten Mal seit Tagen lachen.

Am Dienstagabend war sie mit der Bettwäsche fertig und nahm sich die Hemdblusen vor. Nach den Blusen bügelte sie zwei Schlafanzughosen, dann ein Hemd, das sie jede Nacht zum Schlafen trug. Himbeerfarben, kragenlos. Nach dem Aufstehen hatte sie es in die Waschmaschine und gleich nach der Arbeit in den Trockner gesteckt. Sie bügelte, bis sie vor Müdigkeit schwankte. Bis alle Gedanken verschwunden waren.

Am Mittwochabend bügelte Viola den Strampelanzug, den sie in ihrer Mittagspause gekauft hatte. Sie hatte das Telefon der Schreibtischinsel auf Max' Apparat umgestellt, war durch die Fußgängerzone geirrt und hatte zwei Anrufe auf ihrem Handy weggedrückt. Im Vorbeigehen sah sie ein Kleid aus grüner Seide im Schaufenster einer Boutique.

›Wollen Sie nicht schnell reinschlüpfen, ehe Sie es kaufen?‹, fragte die Verkäuferin mit Blick auf das handgeschriebene Preisschild.

›Nicht nötig.‹ Viola lächelte höflich. Sie dachte an die äußerste Rangée ihres Schlafzimmerschranks. Eine Reihe von

Kleidern hing dort säuberlich auf Bügeln. Knie- und bodenlang. Gestrickt, plissiert, gemustert, uni, bunt, in gesetzten Tönen. An manchen hing noch das Etikett. Auf den Schultern hatte sich dünner Staub abgesetzt.

Die Kinderläden im Viertel waren teuer und hatten verspielte Namen. Bei ›Jelle & Fritz‹ hatte sie einen königsblauen Strampler mit Sternen und eine passende Karte gefunden.

Der Stoff roch nach Fabrik und Babypuder, als Viola das Bügeleisen ansetzte. Mit der Metallspitze fuhr sie über die winzigen Ärmel und Bündchen. Vorsichtig knöpfte sie den Anzug auf und bügelte zwischen den Druckknöpfen. Der Stoff war noch warm, als sie ihn faltete.

*Ich freue mich für Euch,* schrieb sie auf die Glückwunschkarte. *Lass dich nicht stressen, Caro – genieß es! Bei mir alles in Ordnung. Viel Arbeit, wie immer. Ich denke an Euch.*

Am Donnerstagabend stand Viola am Wohnzimmerfenster und sah auf die Straße hinunter. Die Stirn an die Scheibe gelehnt, sah sie die Türken an der Straßenecke reden und rauchen. Sie sah Autos, die ein- und ausparkten. Im Licht eines Hauseingangs flatterten Werbeprospekte im Wind.

Am Freitagabend ließ sie ihre Tasche im Flur stehen und legte sich in die Badewanne. Sie starrte in den knisternden Schaum. Gar nichts ist übrig von diesen Tagen. Sie drehte den Hahn auf und ließ Wasser nachlaufen. Sie sind vorbei, das ist alles.

Sie schloss die Augen. Zahlenreihen tanzten durch ihren Kopf. Max' Wangen hatten vor Anstrengung geglüht, als er den Blick von den Preislisten hob, die sie nachmittags verglichen hatten. Gegen Abend hatte sie den Schwarzen Anzug auf seinem Mobiltelefon erreicht. Als er sich meldete, rief im Hintergrund eine Stimme über Lautsprecher einen Flug aus. Viola hatte angestrengt gegen den Lärm angeredet, bis der Schwarze Anzug *hervorragend* sagte.

Vor den Fenstern war es seit Stunden dunkel, als sie noch immer an ihrer Schreibtischinsel saß. Sie fixierte die Krawatte von Vater Hase, bis der karierte Stoff vor ihren Augen zu flirren anfing.

Das Telefon klingelte. Das Wasser in der Badewanne war kühl. Ihr Nacken schmerzte. Füße und Hände fühlten sich an wie vollgesogene Schwämme. Viola zog sich am Rand der Wanne hoch. Als sie sich abtrocknete, klingelte es wieder.

Ihr Vater war auf dem Anrufbeantworter.

»Hallooo!«, rief er und legte auf.

Es piepste. Eine weitere Nachricht.

»Ja! Ich habe jetzt deine ganzen Anrufe gefunden, auf diesem Beantworter. So ein Genuschel! Margarete war vorhin da und hat mir durchgegeben, was du gesagt hast.« Er holte Luft. »Natürlich ernähre ich mich! Im Keller war noch eine Kiste mit Äpfeln. Und deine Mutter hatte Müsli gekauft. Säckeweise. Wieder einer ihrer Versuche, sich gesund zu ernähren. Das esse ich jetzt auf. Ja ...« Er hustete. »Sie hat übrigens schon wieder gesponnen. Sie ist jetzt in diesem Haus zur Reha, und irgendwas hat ihr da nicht geschmeckt mit ihrem Zimmer. Was weiß denn ich.« Er hustete wieder. »Als ich kam, wollte sie sich scheiden lassen. Und sie hat jetzt Telefon, das soll ich dir geben. Hallo?«

Er diktierte eine Zahlenreihe. Sie schrieb auf dem Notizblock mit, der auf dem Telefontisch lag.

»Und dann liegt hier ein Schlüssel. Ein Mordsapparat. Brauchst du den nicht?«

Über den Flurboden kroch ein Windzug. Viola drückte das Handtuch an sich.

»Frohes Schaffen«, sagte ihr Vater. Es piepste.

# Summm Summm

Das Mädchen trug Ballerinas, rosafarbene Leggins, ein weißes Jackett und überall Schmuck. Es glitzerte und klimperte im solariumsbraunen Ausschnitt, an den Unterarmen und an den Fingern. Sie drückte sich ein Handy ans Ohr. Viola sah lange Nägel, eckig geschnitten, in zwei Farben lackiert. Winzige Brillant-Imitate blinkten auf der Lackschicht.

Wie benutzt man solche Hände? Sie dachte nach. Ihre Finger waren zerkaut, manchmal so sehr, dass es blutete. Besonders unangenehm war ihr das bei Geschäftsessen und Empfängen, wenn es Viola nicht gelang, ihr Weinglas so zu halten, dass die rot geschwollene Nagelhaut nicht auffiel.

»Nää, Scheitel hattsch'so lang, 'schprobier Pony. Find'er auch gut, hatt'er gesagt.« Das Mädchen sprach laut. Violas Blick wanderte vom pummeligen Gesicht, das zum Fenster der Straßenbahn gewandt war, über die Haare. Glänzendes Stroh. Sie kannte das Mädchen aus der Bäckerei. Jeden Morgen kaufte Viola auf dem Weg ins Büro bei ihr ein Croissant. Und jetzt grüßt sie nicht einmal, dachte sie. Mit der Mäusebrille erkennt mich keiner.

Nach dem Aufwachen hatte sie ihre Kontaktlinsen nicht einsetzen können. Jedes Mal, wenn eine Linse die Hornhaut berührte, hatte das Auge zu tränen begonnen. Als die Zeit knapp wurde, durchsuchte Viola ihren Badschrank und fand ein Etui mit verstaubtem Deckel. Die Brille hatte ein Designergestell. Es war teuer gewesen. Aber das half nicht. Sie sah im Spiegel, wie ihre Augen hinter den Gläsern zu Murmeln wurden. Die Gegenstände, die sie umgaben, bekamen scharfe Kanten und gingen auf Distanz.

Als sie sich überwunden hatte, mit Brille das Haus zu verlassen, war das Taxi, das sie bestellt hatte, weggefahren. Den Weg bis zur Straßenbahnhaltestelle war sie gerannt. Bei jedem Schritt hüpfte das Gestell auf ihrer Nase. Gar nichts hat sich geändert, dachte sie wütend. Es ist alles wie früher.

In der dritten Klasse, als sie selbst im Heft ihrer Tischnachbarin nichts mehr hatte erkennen können, musste neben der Zahnspange eine Brille her. Alle paar Monate brauchte Viola stärkere Gläser. Bis sich die Welt ohne Sehhilfe als Ansammlung verschwommener Farbflecken präsentierte.

›Lass doch den Mund zu, Mäuschen, und setz die Brille ab‹, rief ihre Mutter, wenn sie, den Fotoapparat in der Hand, bei Familienfesten die Verwandtschaft im Garten gruppierte.

Auf dem Foto ihrer Erstkommunion, das unter Glas im Wohnzimmerregal ihrer Eltern stand, duckt sich Viola, ganz in Weiß, umringt von Tanten, Onkeln, Cousinen und Cousins hinter eine Wachskerze, die sie in den Händen hält. Ihr Mund ist verkniffen. Vage blinzelt sie Richtung Kamera. An ihrem Arm baumelt ein glitzerndes Täschchen. Das zweite Gesicht, das Viola jedes Mal auffiel, wenn sie das Foto betrachtete, war das ihres Vaters. In der letzten Reihe am Bildrand stehend verschwinden seine Züge hinter einer Hornbrille. Ein Kinnbart lässt ihn älter aussehen, als er ohnehin war. Ihre Mutter steht mittig in der ersten Reihe. In einem knappen Karo-Kostüm legt sie den Kopf schief und lächelt.

»Nää, 'schgeh Massimo.« Das Mädchen betrachtete seine Fingernägel. »Der's was teurer, aber das lohnt'sch.« Sie horchte in den Hörer und fing an zu lachen. Ihre Augen wurden zu Schlitzen. Viola sah silbernen Lidschatten, rosarote Bäckchen, eine Strass-Spange über dem rechten Ohr. Sie roch Pfefferminzkaugummi. Alles war durchdacht, verströmte Entschiedenheit. Viola senkte den Kopf.

Ihre Füße standen, verkleinert durch die Brillengläser, in weiter Ferne auf dem Straßenbahnboden. Daneben stand ihr Rollkoffer.

Zwei Stunden saß sie allein in einem Sechserabteil. Dann stiegen ein Mann und eine Frau zu, mit gebräunten Gesichtern, weißem Haar, Wollpullovern und Wanderschuhen.

Sie nickten Viola zu und nahmen einander gegenüber neben der Schiebetür Platz. Die Frau zog zwei Bücher, zwei Etuis, zwei Tassen und eine Thermoskanne aus einem Rucksack. Als sie ihre Lesebrillen auspackten und blätterten, sah Viola Eheringe an ihren runzligen Händen.

Der Mann saß direkt neben ihr. Er roch nach Apfelmost. *Kapitel 5. Das zerstörte Jerusalem,* las sie rechts oben in seinem Buch.

Vor dem Fenster fleckige Felder. Bald würde es dunkel werden. Viola lehnte den Kopf in den Sitz. Sie versuchte, sich das Zusammenleben mit einem Mann vorzustellen. Mit einem ganz normalen Mann, dachte sie, einem, der tagsüber ins Büro geht und abends zum Sport, und der Angst hat zu sterben, wenn er versehentlich einen abgelaufenen Schokoladenriegel gegessen hat. »Aber nein«, würde sie sagen, »du stirbst nicht.« Es würde sich gut anfühlen, eine Verzweiflung zu beheben.

Vorletzter Winter. Sie überlegte. Vorvorletzter Winter? Ihre letzte Begegnung mit einem Mann. Ein Schweizer. Caros Grinsen, als sie ihn ihr vorgestellt hatte. An diesem Abend hatte sie einiges getrunken. Sie hatte mit dem Schweizer in einer Couchecke gesessen und gegen Caro und Juan ein Gesellschaftsspiel gespielt. Die Regeln von »Tabu« verlangten, dass man seinem Spielpartner unter Ausschluss unmittelbar passender Wörter komplizierte Begriffe erklärt.

Wir waren ein Spitzenteam, dachte Viola. Kaum hatte ich ein Stichwort gestottert, hat der Schweizer den Terminus schon erraten: *Primaballerina. Screwball-Comedy. Dickdarmfurunkel.* Bis dahin war es einfach. Sie erinnerte sich. Sein Gesicht. Aufgeschlossen. Anpassungsfähig. Ein Mann mit einer artigen Brille. Der sich geduldig um mich bemüht hat, als wir auf seinem Gästebett in der Souterrainwohnung lagen.

Irgendwann zog er die Decke hoch und sah sie durch die Dunkelheit an. ›Tabu?‹

Viola zwang ein Lächeln in ihr Gesicht. Sie wusste nicht, was sie sagen sollte. Wie sie erklären sollte, dass

... dass was? Dass mein Körper seit Yannick nur noch nach innen leuchtet, dachte sie. Erstaunt hatte sie festgestellt, dass sie sich für den Schweizer mehr schämte als für sich selbst. Sie war aufgestanden, hatte sich angezogen und war mit einem Knoten im Bauch nach Hause gelaufen.

›Wie, es ist zu spät?‹, fragte Caroline am nächsten Morgen am Telefon. ›Das sagst du immer, Viola! Zu spät, zu spät. Ihr kennt euch gerade mal einen Abend.‹

Ihr Kopf kippte nach vorn, sie wurde wach. Das Ehepaar saß über seinen Büchern. Sie hatten die Leseleuchten angeknipst.

Violas Sitznachbar hob den Blick und schaute hinüber zu seiner Frau. Nach einer Weile sah sie auf. Sie lächelten einander zu. Dann beugten sie sich wieder über die Seiten. Viola kniff die Augen zusammen. *Kapitel 5. Das zerstörte Jerusalem,* stand nach wie vor rechts oben im Buch des Alten.

Die nächste Station wurde angesagt. Das Paar kam in Bewegung, packte zusammen. Mit geschulterten Rucksäcken zogen die beiden die Schiebetür auf. Sie nickten zum Abschied.

Der Zug bremste ab. Viola stand auf.

»Lassen Sie offen«, hörte sie sich sagen. »Ich muss hier auch raus.«

—

»Ah! Deine Mutter hat angerufen«, rief er, als sie die Wohnung betrat. »Nanu? Wo sind deine Haftschalen hin?«

»Kontaktlinsen, Papa. Vertrage ich gerade nicht.«

Er stand in Hosenträgern und Pantoffeln neben der Haustür und hielt eine Zeitung in der Hand. ›Jetzt leg doch *ein* Mal die Scheißzeitung weg‹, sagte Violas Mutter in solchen Momenten.

Ihr Vater las vornübergebeugt im Stehen, oft noch draußen am geöffneten Briefkasten, selbst wenn es schneite. Mit gekrümmtem Rücken, auf den Knien, über einen Tisch gebeugt, las er ein mit Erde verschmiertes Anzeigenblatt, in dem die Rüben vom Markt eingewickelt gewesen waren. Er las Kirchenblättchen aus dem Vorjahr und bekritzeltes Löschpapier, das auf dem Esstisch liegen geblieben war, wenn Violas Mutter dort die Arbeiten ihrer Schüler korrigiert hatte. Durchquerten sie im Urlaub fremde Städte, schaute er beim Gehen in den Stadtplan. Er interessierte sich für die Betriebsanleitungen alter Küchengeräte und für die Konstruktionspläne längst zusammengebauter Möbel.

Jetzt legte er die Zeitung zusammen und pfiff.

Viola zog ihren Mantel aus. »Was wollte Mama denn?«

»Du hast das Falsche eingepackt. Sie will ein anderes Nachthemd. Und andere Hausschuhe. Die rote Nachtcreme aus dem Bad ... Dünnere Strümpfe. Und auf keinen Fall den blauen Morgenmantel, hat sie gesagt.«

Viola nahm den Zettel entgegen, auf dem ihr Vater Notizen gemacht hatte. Es ist so wichtig, das Richtige zu finden. Sie versuchte, seine Schrift zu entziffern, die keinen Unterschied zwischen »u«, »n« und »m« machte. *Kleider Mauuua* stand am oberen Rand. Das einzig Richtige. Viola holte Luft. Alles andere nennt Mama falsch.

Als sie die Tür zur Speisekammer öffnete, flatterte ihr eine Motte entgegen. Im Regal türmte sich Tupperware. Unten standen Flaschen mit billigem Sekt und eine Sammlung Thermoskannen. Viola schob Raviolidosen, Gemüsekonserven und Nudeltüten beiseite. An die Wand gedrückt lag eine Butterbrottüte mit Marmelade-Portionsschalen, auf den Deckeln der Name eines Hotels.

Sie blätterte im Telefonbuch, bis sie die Seite mit den Pizza-Lieferservices fand.

Systematisch säbelte ihr Vater seine Gemüsepizza in Stücke. Er aß schweigend, das Gesicht dem Teller zugewandt.

»Haben wir eigentlich nichts zu besprechen?« Viola legte ihr Besteck ab.

Sein Kiefer knackte beim Kauen.

»Hallo!«

Er sah auf. »Wie bitte?«

Sie holte Luft, verschluckte sich, musste husten.

Ihr Vater beugte sich zurück über den Teller. Mit der Gabel zupfte er an einem Stück Teig. »Schmeckt wie Schuhkarton, das Ding.«

Dieses Mal nahm sie ihn ins Ewige Schlafzimmer mit.

»Gibt ja keinen Grund, dass ich allein aus deinem Gekrakel schlau werden muss.«

Er beugte sich über den Zettel, schlug die Stirn in Falten. »Habe ich das geschrieben?«

»Papa!«

Sie schickte ihn in den Keller, um einen Koffer zu holen. Er kam erst zurück, als sie durch das Treppenhaus rief. Während sie Kleidungsstücke auf dem Bett ordnete, sah er ihr zu, die Daumen hinter seine Hosenträger gehakt.

»Wie war's im Geschäft?«

»Gut, gut.«

»Kommst du voran?«

»Jaja.«

»Die sind zufrieden mit dir.« Er ließ die Hosenträger knallen.

»Glaub schon.«

»Ich hab mir so einige Gedanken über dich gemacht. Und bin zu dem Ergebnis gekommen, dass ich zu wenig weiß, um beurteilen zu können, wohin dein Weg geht.«

»Mhm.« Viola zögerte zwischen zwei Pullovern. Sie sah auf den Notizzettel, der auf dem Bett lag. »Meinst du, dieser hier ist mit *grünblau* und *anständig* gemeint? Oder was heißt das zweite Wort da?«

Als sie sich umdrehte, beugte ihr Vater sich interessiert über ein Taschenbuch, das zuoberst auf dem Nachttisch lag. Sie fasste danach und warf es Richtung Fenster. Es prallte gegen einen Stapel Kisten und fiel hinter dem Bett zu Boden.

»He!«, wandte er ein.

»Hilfst du jetzt mal?«

Ihr Vater ging um das Bett herum. Gebückt hielt er inne.

»Ah! Ich glaub, mich laust der Affe. Kennst du die noch?«

Er hob einen Stiefel hoch. Grünes Leder, Blockabsatz. »Die hat sie aber lang nicht getragen. Da warst du noch klein.«

Er streckte ihr den Stiefel hin. »Sollen wir ihr die mitbringen?«

Viola zog die Augenbrauen hoch.

»Ein Tohuwabohu, dass es einer Sau graust.« Er kramte eine Bademütze aus der obersten Kleiderkiste. »Und was ist das?« Puder wolkte aus einer Papiertüte. »Oha.« Er atmete durch den Mund und brüllte beim Niesen. Dann vertiefte er sich in eine vergilbte Apothekenzeitschrift.

Viola konzentrierte sich auf die Suche nach Strumpfpaaren. Unter dem Schminktisch fand sie die gewünschten Hausschuhe und zwischen zwei Skianzügen in der hintersten Rangée des Schranks einen Bademantel, der im Sinne ihrer Mutter zu sein schien.

Als sie die Schlösser des Koffers zuschnappen ließ, fiel ihr auf, dass ihr Vater verschwunden war. Die Apothekenzeitschrift lag an der Zimmertür. Daneben lehnten die grünen Stiefel. Rissiges Leder. Die Schuhspitzen abgestoßen. Sie streckte die Hand aus.

Das Hämmern der Absätze kam zurück. Ihre Mutter hatte es eilig gehabt. Viola hatte spüren können, wie die Schritte näher kamen. Auf dem Boden vor ihren Knien stand ein Modellhaus. Es war nahezu fertig. Wände aus Pappe, ein Mansardendach aus gewelltem Karton. Die Tür wurde aufgerissen. Die grünen Stiefel standen im Kinderzimmer. Sie sahen giftig aus. ›Dein Vater ist ein Versager‹, stellten sie fest.

Viola strich über das Hausdach. Er hatte den Karton ziegelrot angemalt. Aus Streichhölzern hatte er Möbel gebaut. Violas größter Stolz war die Wanne im Bad. Ihr Vater hatte mit seinem Taschenmesser einen Ast ausgehöhlt. Die Rinde war erhalten geblieben.

›Mich melkt er wie eine Kuh, und bei dir spielt er den Helden‹, herrschte die Stimme, die zu den Stiefeln gehörte. ›Und du machst mit.‹

Die Spanplatte, auf der das Haus stand, hatten sie mit Sand und Moos beklebt. Viola berührte ein blaues Stück Filz, das ihr Vater im Garten des Häuschens mit Nägeln befestigt hatte. Ein Teich. Während des Mittagessens hatte ihre Mutter ihn beschimpft. ›Hörst du mir zu?‹ Wieso, wusste Viola nicht mehr. Vielleicht gibt es Fische im Wasser, dachte sie. Und im Sommer Seerosen.

›Viola!‹

Sie zog den Kopf ein. Sah, wie ein grüner Stiefel sich auf das Hausdach senkte. Unter der Sohle knirschte es. Holz splitterte. Moos und Sand verteilten sich auf dem Teppichboden. In der Tür drehten sich die Stiefel noch einmal um. ›Wärst du nicht hier – ich wäre längst verschwunden.‹

Am Abend dieses Tages lag Viola mit angezogenen Armen unter der Bettdecke. Aus der Küche hörte sie ihren Vater. Er räumte die Spülmaschine aus. Schranktüren öffneten und schlossen sich. Besteck fiel in ein Schubfach. Die Lade unter der Spüle quietschte. Am Nachmittag hatte sie ihn gesucht, um ihm das zertretene Haus zu zeigen. Schließlich hatte sie ihn in der Garage gefunden. Mit verschränkten Armen hatte er hinter dem Steuer seines Wagens gesessen und Autoradio gehört.

In ihre Decke vergraben schrak Viola zusammen, als die Küchentür zufiel. Das Licht am Ende des Flurs erlosch. Wieder und wieder zählte sie die Fächer ihres Bücherregals ab, die sie im Dunkeln ausmachen konnte. Von oben nach unten. Von unten nach oben. Vier, fünf, sechs, sieben. Vier, fünf, sechs, sieben. Die Beine ihrer Latzhose hingen ungleich lang von der Lehne des Stuhls. Draußen knatterte ein Mofa vorbei. Der Gummibaum am Fenster verlor ein Blatt. Viola stieg aus dem Bett und schlich zur Schlafzimmertür ihrer Mutter. Sie sah auf die Maserung des Furnierholzes, verfolgte die feinen Linien. Als es hell wurde, klopfte sie. Leise öffnete sie die Tür.

Die Nachttischlampe brannte. Ihre Mutter richtete sich auf, ein Haufen zerknüllter Papiertaschentücher rollte von der Bettdecke. Viola stellte einen Fuß auf den anderen.

›Wollen wir uns wieder vertragen?‹

Ihre Mutter zog die Nase hoch. Ihr Blick tastete sich zu Viola. ›Tut es dir denn leid?‹

Viola schlang die Arme um den Körper, zog die Schultern hoch. Nickte.

Ihre Mutter atmete auf. ›Einverstanden‹, sagte sie.

—

Das Haus gab sich Mühe, freundlich auszusehen. An den modernen Gebäudekomplex schloss sich ein Park an. Viola folgte ihrem Vater, der den Koffer trug und pfeifend Richtung Haupteingang marschierte. Sie sah zu den kahlen Bäumen hinüber. Menschen in Hausanzügen standen auf Spazierwegen und schauten, auf Krücken und Rollatoren gestützt, in den verhangenen Himmel.

Ihre Mutter war im zweiten Stock der Reha-Klinik untergebracht. Neben ihrer Zimmertür stand ein Wasserspender. Schnarchen war zu hören.

»Ist das die richtige Nummer?«

Ihr Vater zuckte die Schultern. Seine Baskenmütze saß schief.

»Papa, du bist doch nicht das erste Mal hier.« Ihr Wollschal klebte am Hals, sie zerrte daran.

Violas Mutter lag mit offenem Mund, in Schlafanzug und

weißen Söckchen auf der Bettdecke und wachte nicht auf, als sie hereingeschlichen kamen. Leise legten sie die Mäntel ab. Neben dem Bett gab eine Fensterfront den Blick auf den Kurpark frei. Auf dem Nachttisch zwischen Bettgestell und Fenster lag ein Tablettenbehälter. Er war mit Kapseln und Stäbchen gefüllt. Eine in Aluminium versiegelte Pille im Fach mit der Aufschrift *ABEND* war groß wie eine Haselnuss. Neben den Medikamenten stand das gerahmte Bild eines Baby-Bernhardiners. Gegenüber dem Bett hing ein Fernseher an der Decke. Er lief ohne Ton. Einzig das Schnarchen war zu hören.

»Seit wann macht sie das?«, flüsterte Viola.

»Was sagst du?« Er hielt eine Hand zur Muschel geformt hinter das rechte Ohr.

Sie winkte ab.

Ihr Vater durchquerte das Zimmer und hob einen Beistelltisch an, der an der Wand neben dem Kleiderschrank stand. Sorgfältig rückte er ihn Richtung Bett, ins Blickfeld von Violas Mutter. Er stellte den Koffer, den sie gepackt hatten, auf das Möbel. Dann nahm er die Baskenmütze vom Kopf und strich sich das Haar glatt.

Sie bezogen am Fußende des Betts Position. Durch den geöffneten Mund wirkten die Wangen ihrer Mutter eingefallen. Ihr Kopf war in den Nacken geknickt, das Kinn leicht nach oben gezogen. Als wolle sie die Decke anschnarchen. Der Anblick machte Viola Mühe.

»Und jetzt?«, flüsterte sie.

»Wie bitte?« Ihr Vater kam einen Schritt auf sie zu und gab den Blick auf die Zimmertür frei. Wie von Geisterhand gesteuert fuhr dort eine Frau im Rollstuhl vor. Im Türeingang stand sie still. Sie trug das Haar toupiert, ein Kostüm mit Brosche am Revers, und musterte sie unverblümt.

Maggie Thatcher. Viola starrte zur Tür. Ihr Vater sah das und drehte sich um.

»Grüß Gott«, sagte er freundlich.

»Sss sssss.«

Er wandte sich an Viola. »Was war das?«

»Keine Ahnung. Komm.« Sie deutete zur Tür. »Wir lassen Mama schlafen.«

Sie zwängten sich an der Rollstuhlfahrerin vorbei, die keine Anstalten machte, die Tür freizugeben. Zu dritt standen sie im Flur, wie zufällig um den Wasserspender gruppiert. Ihr Vater räusperte sich. Er nickte der Alten zu. Die saß wie in Stein gemeißelt und verfolgte jede ihrer Bewegungen. Viola beugte sich vor und bediente den Wasserspender. Flüssigkeit gurgelte in einen Plastikbecher, den sie austrank und ein zweites Mal füllte. Sie reichte den Becher ihrem Vater. Der nahm dankend an. Sie füllte einen weiteren Becher für die alte Dame, die ihn ungerührt ansah. Viola trank. Sie stand da und hielt ihren Becher. Ihr Vater hielt den seinen. Ihre Mutter schnarchte.

Viola schrak zusammen, als am Ende des Flurs die Tür des Treppenhauses aufgestoßen wurde. Ein Mann in Anzug kam den Gang herab auf sie zu. Seine Locken wippten. Eine Uhrenkette hing aus seiner Hosentasche und schwang bei jedem Schritt hin und her.

»Mutter!« Seine Stimme rieb in der Kehle. »Sei gegrüßt.« Er deutete, jetzt schon ganz nah, auf Viola und ihren Vater. »Zwei neue Freunde«, stellte er fest. Dann zeigte er auf den Rollstuhl. »Und dein neuer Dienstwagen.«

Die Alte riss den Mund auf. Dröhnend fing sie an zu lachen. Der Lockenmann grinste.

»Guten Tag.« Er sah Viola an.

»Grüß Gott«, sagte Violas Vater.

»Wissen Sie, wo die Besuchertoiletten sind?«, fragte sie.

»Sss ssss ss ssss.«

»Das hieß: Am Ende des Flurs«, sagte der Mann und fasste nach den Griffen des Rollstuhls.

Als sie zurückkam, war der Gang verlassen. Ihr Vater saß am Bett ihrer Mutter, die aufgehört hatte zu schnarchen. Viola kam näher und sah, dass sie weiterhin schlief.

Sie setzte sich auf die andere Seite des Betts, neben den linken Arm ihrer Mutter. Ihr Blick wanderte über den Nachttisch und blieb bei der Aufnahme des Bernhardiner-Babys hängen. Unter den Pfoten des Hundes lag Schnee. Er hatte sie manierlich zusammengestellt. Sein Blick ging zum Betrachter. Tranig, dachte Viola. Ein stoischer Retter. Nur die Haare auf dem Kopf verraten ihn. Die stehen so eifrig in die Höhe.

»Süß, nicht?« Violas Mutter versuchte sich aufzurichten. Ihre Fäuste rutschten auf dem Laken ab. »Hat Ines mir mitgebracht. Ist der nicht süß?«

»Ganz süß.« Violas Vater klang erleichtert.

»Süß, ja.« Viola nickte. »Wirklich.«

Sie betrachteten das Hundefoto.

»Ein Geschöpf Gottes«, sagte ihre Mutter mit schwerer Zunge. »Habt ihr mir die richtigen Sachen gebracht? Dann hätte ich jetzt Lust auf ein Stück Kuchen.«

Viola holte Luft.

»Diätkuchen«, korrigierte ihre Mutter. »Der ist zuckerfrei. Nur mit Süßstoff und Früchten. Gibt es unten in der Cafeteria. Diätsahne auch. Und entkoffeinierten Kaffee.«

Grau in Grau, Bodenfliesen, Plastiktische. Die Kantine wirkte verlassen. Am Selbstbedienungstresen lagen Brötchen, Frikadellen und Kuchenstücke unter Plexiglas aus. Daneben lehnte der Lockenmann.

»Na«, sagte er heiser. Seine Augen glänzten, als habe er soeben Tränen gelacht. Vor ihm stand ein Pappteller mit zwei Himbeerschnitten.

»Sie kriegt Diätkuchen.«

»Meine auch.« Viola sah sich um. Die Tür zur Küche stand offen. Kein Geräusch war zu hören.

»Auch ein Schlaganfall?«

»Weiß man nicht genau. Vielleicht eine Art Epilepsie. Die Ärzte sind sich nicht sicher.«

»Aha.« Der Lockenmann verschränkte die Arme vor der Brust. Er musterte sie mit Interesse. »Bei meiner Mutter war es ein schwerer Schlaganfall, eine ganz dumme Geschichte.«

»Dumm?«

»Das Gerinnsel im Kopf hat sich nicht gelöst. Dabei ist sie gleich behandelt worden, mein Vater war nämlich dabei und konnte sofort den Notarzt rufen.«

»Bei uns genauso«, sagte Viola. »Mein Vater war da und hat es gleich gemerkt. Na ja – sie ist auf ihn gefallen.«

»Mhm.« Er nickte, rieb sich mit einer Hand den Nacken. Sie sah, dass seine obersten Hemdknöpfe offenstanden.

»Meine Eltern lagen im Bett, als es passierte. Sie sprachen über ein Märchen. Hase und Igel.«

»Ah.« Viola sah sich um. Ihre Mutter würde ungeduldig werden. »Worum geht's da noch mal?«

»Eben.« Der Lockenmann stieß mit dem Zeigefinger seinen Kuchenteller an. Das Gelee auf den Himbeeren wippte. »Das wusste mein Vater auch nicht mehr genau. Er ist Pastor und wollte die Fabel in einer Predigt als Symbol verwenden. Für irgendwas. Und hat also meine Mutter vor dem Einschlafen gefragt: ›Hase und Igel, wie war das noch?‹ – ›Warte mal‹, hat sie gesagt. Sie hat dagelegen und nachgedacht. Und plötzlich haben sich ihre Augen nach oben gedreht, und es war nur noch das Weiße zu sehen.«

Viola holte Luft. »Und sie hat sich gar nicht erholt?«

»Eigentlich nein. Sie ist halbseitig gelähmt, seit Wochen keine Besserung. Kommt wohl nicht mehr. Und sie ist seltsam geworden.« Er schüttelte den Kopf. »Früher war sie extrem schüchtern … Das Schlimmste ist, dass sie alles versteht, aber nicht mehr sprechen kann. Das Sprachzentrum in ihrem Gehirn ist zerstört. Kein Wort mehr. Die Worte sind weg.«

Viola spürte, wie sich die Härchen auf ihren Unterarmen aufstellten.

»Außer wenn sie singt«, fuhr er fort. »Dann ist alles noch

da, sämtliche Texte aller Lieder, die sie jemals auswendig kannte. Volkslieder, Kinderlieder, Kirchenlieder ... ›Lobet den Herren‹, ›Jesus, meine Zuversicht‹, ›Zu Bethlehem geboren‹, das ganze Gesangbuch rauf und runter. Das muss man sich mal vorstellen. Wie Dateien auf einer beschädigten Computerfestplatte. Die eine, auf der das Sprechen gespeichert war, ist zerstört, aber da, wo die Lieder liegen, ist noch alles intakt.« Er sprach mit Verve. »Gespenstisch, oder?«

Viola nickte.

»Was sie aber noch kann, ist die Sprachmelodie. Ohne Worte, nur mit der Zunge. ›Sssss sss sssss sss.‹ Hast du ja vorhin gehört. Darum heißt sie hier ›Summ Summ‹ bei den Pflegern und Schwestern.«

»Summ Summ«, wiederholte Viola. Sie lächelte.

Er drückte sich von der Theke ab, stellte sich gerade, steckte die Hände in seine Anzugtaschen.

»Genau.« Seine Lachtränenaugen glänzten. Er griff nach dem Pappteller, sah sie an.

Viola merkte, dass sie aufgehört hatte zu warten.

»Vielleicht mal läuten?« Mit dem Kinn deutete er auf eine Tischklingel, die am Tresen angebracht war. Direkt neben Violas Unterarm.

Sie spürte, dass sie rot wurde.

Der Lockenmann lachte ein leises, heiseres Lachen. »Hat mich gefreut.«

»Ebenso«, murmelte sie.

Draußen nieselte es. Ihre Mutter hatte sich bei Viola und Violas Vater eingehakt. Mit kleinen Schritten ging sie vorwärts. Statt ihrer Hausschuhe trug sie die Wanderschuhe, die Viola eingepackt hatte, und über dem Schlafanzug einen Ledermantel mit Fellstipp. Viola versuchte, mit ihrer freien Hand einen Regenschirm über alle drei Köpfe zu halten.

»Es geht mir nicht schlecht. Im Grunde genommen«, sagte ihre Mutter und taumelte leicht. »Bloß kommt immer so früh morgens eine Frau in mein Zimmer und will mit mir Gymnastik machen. Da ist es draußen noch nicht mal hell.«

Von weitem hatten die Bäume des Parks kleiner gewirkt. Viola sah sich um. Sie standen am Wegrand wie Elefantenfüße. Tropfen fielen aus den Kronen und zersprangen auf dem aufgespannten Schirm.

»Line?« Ihre Mutter sah zu ihr hoch, dann konzentrierte sie sich wieder auf den Weg vor ihren Füßen. »Erzähl mal einen Witz.«

»Einen Witz.« Viola dachte nach. »Mir fällt jetzt leider keiner ein.«

»Das ist aber schade. Weißt du einen Witz?«

»Hm? Nein.« Violas Vater schüttelte den Kopf.

»Ach. Ist das schade.«

Sie blieben stehen.

»Möchtest du umkehren?«, fragte Viola.

Der Blick ihrer Mutter blieb an einem Baumstamm hängen.

»Warum nicht«, sagte sie nach einigem Überlegen. »Ich glaube, ich würde gerne schlafen.«

Sie wendeten und blieben dabei eingehakt. Viola sah hoch zu den Fenstern.

»Vorhin stand eine Frau im Rollstuhl vor deiner Tür. Kennst du die?«

»Nein. Ja? Nein. Ich glaube nicht.«

»So eine Alte im Kostüm. Als ihr Sohn kam, hat er auf ihren Rollstuhl gezeigt und sie gefragt: ›Ist das dein neuer Dienstwagen?‹« Sie machte seine heisere Stimme nach.

»Ah!«, rief ihre Mutter. Sie begann zu lachen. »Über den Rollstuhl hat der das gesagt?«

»Genau«, bestätigte Viola befreit.

Ihr Vater gluckste.

»Dienstwagen«, rief ihre Mutter. Sie lachte heftig. »Dienstwagen!« Sie bog sich nach vorn, konnte nicht an sich halten. Schwer hing sie in den Armen, die sie hielten. Sie schnappte nach Luft. Ein Windstoß fuhr in ihr Haar und legte die Kopfhaut frei. Ihr Gesicht war vom Lachen verzerrt.

Es dämmerte, als Viola neben ihrem Vater den Parkplatz überquerte. Der Regen hatte aufgehört. Am Ende des Himmels gab die Wolkendecke einen Streifen Abendlicht frei.

Er holte tief Luft. »Bist du morgen noch hier? Dann machen wir auf der Herfahrt einen Spaziergang.«

Viola sah den Lockenmann von weitem. Er stand am Rand des Parkplatzes und öffnete die Fahrertür eines Kombis. Er winkte.

Violas Vater winkte zurück. »Wer ist das?«

»Der Sohn von Summ Summ.« Sie kniff die Augen zusammen.

»Ach. Und ein Auto fährt der, Mensch, Junge. Weißt du, was dieser Kaventsmann an Benzin frisst?«

Als sie in der Ausfahrt standen und Viola blinkte, um auf die Hauptstraße einzubiegen, fiel ihrem Vater auf, dass er seine Baskenmütze liegen gelassen hatte. Sie setzte zurück und stellte den Motor ab. Durch den Rückspiegel sah sie, wie er im Eingang der Klinik verschwand.

Als er zurückkam, war es fast dunkel. Er trug seine Mütze und brachte Kälte mit in den Wagen.

»Jetzt stell dir mal vor«, keuchte er und zog die Autotür

zu, »als ich oben ankam, stand die Tür zum Zimmer offen, sperrangelweit. Und die Dame im Rollstuhl saß bei deiner Mutter am Bett. Die mit dem Kostüm und den Haaren.«

»Ach.«

»Einvernehmlich! Ich hab die zwei schon von draußen lachen gehört. Und die Dame hat gesungen!«

Viola nickte. »Jesus, meine Zuversicht.«

»Von wegen.« Ihr Vater räusperte sich. »Wir lagen vor Madagaskar«, schmetterte er, »und hatten die Pest an Booord.«

—

Von der Landstraße war er auf eine Serpentine abgebogen und hatte nach einer Auffahrt über Schlaglöcher und Erdhügel auf einem Stück Wiese geparkt. Viola mochte Weinberge nicht. Der Blick auf unberührte Hügel war ihr lieber. Und still, dachte sie, still wäre schön gewesen.

Ihr Vater dozierte mit Blick Richtung Horizont, während sie liefen. Die Ausführungen zu seinem Lieblingsthema unterlegte er mit ausladenden Gesten. Zwischen den Sätzen hatte er kaum Zeit zu atmen. Er sprang von einem Sachverhalt zum nächsten, beleuchtete Zusammenhänge, die sich ihr nicht erschlossen, pflügte Details. Viola erschrak, als seine Hand auf ihre Schulter fiel.

»Soll ich jetzt etwa schrauben wie die Niederländer? Junge, Junge, ich kann dir sagen, als ich den Artikel im Architektenblatt las, ging mir der Arsch auf Grundeis. Die haben das Ding zwei Jahre nach mir entwickelt und kommen jetzt damit auf den Markt. Das ist enorm! Aber Lala«, er hob den Zeigefinger, »meine Idee ist besser.«

»Papa?«

»Ja!«

»Können wir mal über was anderes sprechen als über deine Konstruktionen?«

»Nein!«

Er nahm seine Hand von ihrer Schulter.

»Also, ich bleibe dabei. Ich klebe«, sagte er nach einer Weile trotzig.

Viola blinzelte in die Mittagssonne. Das Licht schmerzte in den Augen.

»Der da hinten, der Glatzkopf, das ist der Belchen. Und da drüben«, sein Finger wanderte über den tiefblauen Himmel, »das ist der Kahle Asten. Da kannst du noch die Folgen von dem Sturm sehen. Und – ach schau her.«

Er deutete zu einem Aussichtspunkt, der vor ihnen lag. Ein niedrig ummauertes Plateau, Sicht auf Reben und Hügel. Viola lehnte sich an die Steine. Ihr Vater begann zu pfeifen. Konzentriert sah er in die Ferne. Vielleicht sah er dort etwas, das er nicht kannte. Offenbar fehlt ihm jetzt mal eine Formel, dachte sie.

»Wie habt ihr euch eigentlich kennen gelernt, Mama und du?«, fragte sie schnell. »Wie genau, meine ich.«

»Ha!« Sein Blick blieb an den Bergspitzen hängen.

Ein Pärchen in Windjacken näherte sich, schaute sich um, holte Luft. Der Mann umarmte die Frau. Sie tuschelten. Dann verschwanden sie wieder.

»Erzähl doch mal.«

Ihr Vater zog die Nase hoch. »Über eine Kontaktagentur.«

»Wie?« Viola hörte sich sprechen. Ihre Stimme klang streng. »Mama hat das ganz anders erzählt.«

»Und das stimmt ja! Auch. Mit dem Treffen im Café und so weiter. Aber es war eben über eine Partnervermittlung. Eine ganz seriöse.« Er räusperte sich. »Aus der Schweiz. Wir hatten nur vierzig Prozent Gemeinsamkeiten, deine Mutter und ich. Das hatten diese Agenten berechnet. Die sind ja Spezialisten für so was, nicht wahr. Aber nachdem ich ihr Foto gesehen hatte, war mir das egal.« Er lachte. »Deine Mutter stand im Bikini in schäumenden Wellen. So ein Bild hat die da tatsächlich hingeschickt.« Er versenkte die linke Hand in der Tasche seiner Cordhose und zog ein Stofftaschentuch heraus. Bedächtig faltete er es auseinander und schnäuzte sich. Dann stopfte er es zurück in die Hosentasche.

»Als ich das Foto sah, war ich schon so. Im Gleitflug.« Mit der flachen Hand strich er waagrecht durch die Luft.

»Und wann war das?«

»Ein Jahr vor deiner Geburt. Das stimmt schon alles. Deine Mutter war eine eindrucksvolle Erscheinung. Sehr charismatisch. Sie hatte was von einer Gräfin. Wo sie auftrat, gehörte aller Raum ihr.« Seine Gesichtszüge verströmten Gleichmut. »Das war einfach so.«

»Das war einfach so«, wiederholte Viola.

»Ja. Deine Mutter war anders. Nicht so wie die Frauen davor. Obwohl ich mit denen viel mehr Prozente hatte, den Schweizern zufolge.«

»Was?«

Sie hörte ihren Vater von einer Kindergärtnerin sprechen. Von einer Modistin. Einer Sekretärin. Sie hatte Mühe zu folgen.

»Oder warte mal, doch ja, Fremdsprachensekretärin, Englisch, Englisch war das, glaube ich. Und Französisch. Vielleicht.« Er grub in seiner Erinnerung. »Eine Weiche, eine ganz Süße.« Er verzog das Gesicht. »Nicht hübsch! Aber man hat dauernd mit ihr schmusen wollen. Jetzt schau doch nicht so.«

Er erzählte von Liebestreffen in rhythmisch wackelnden Autos und von zögerlichen Briefen. Von Pelzmänteln, Heiratsanträgen und anderen Forderungen, auf die er nicht hatte eingehen können.

»Ich habe es einfach nicht fertiggebracht, ich habe immer zu lang gezögert. Und keine hatte, was später deine Mutter hatte. Außerdem wollte ich eine Akademikerin. Eine Frau, die denken kann. Und katholisch sollte sie sein. Das war mir wichtig.«

Viola tastete nach dem Rand des Mäuerchens. Sie nahm Platz. Die Steine drückten durch ihre Anzughose.

»Ich habe mich damals als sensibel charakterisiert«, sagte ihr Vater, »vielleicht hätte ich *empfindlich* schreiben sollen.« Er zögerte. »Na ja, und dann wurde sie schwanger. Und mir war klar, eine schwangere Frau lässt du nicht allein.«

Er sprach von einer eiligen Hochzeit. Davon, wie anders seine Schwiegereltern im Vergleich zu den eigenen Eltern gewesen waren. »Das waren Welten.«

Wieso lacht er jetzt?, dachte Viola.

»Und keiner von denen hat etwas gesagt.« Sein Gesicht bekam einen Ausdruck von Härte. »Keiner hat mich gewarnt, was da auf mich zukommt. Keiner hat mir etwas verraten.« Er kaute auf seiner Unterlippe. »Ihre Eltern waren bald danach tot, und bei den paar Treffen, da war ja gar nicht abzusehen, dass …«

»Papa …«

»Nein! Eben nicht. Da war gar keine Gelegenheit«, er schluckte Luft und musste husten, »mit denen einmal über deine Mutter zu sprechen. Und die hätten mir sowieso nichts erzählt. Die waren froh, ihre Ruhe zu haben.«

Mit zusammengekniffenen Augen starrte er an den Horizont. Viola beobachtete sein Profil.

»Und wieso hast du später nie versucht, das zu ergründen?«, fragte sie.

»Was?«

»Na ja, wolltest du nie wissen, was los ist mit ihr? Warum sie … so ist, wie sie ist? Wieso hast du das hingenommen, all die Jahre?« Sie registrierte, dass sie wütend wurde. »Dass die Wahrheit dich nie interessiert hat. Kann doch nicht sein.«

Die frische Luft hatte seine Wangen rosig gefärbt. Sie entdeckte Bartstoppeln an seinem Kinn. Am liebsten hätte sie ihn geschüttelt.

»Papa!«

»Ja.« Er sah sie an. »Von welcher Wahrheit sprichst du jetzt?«

Viola öffnete den Mund.

Nichts, was zu Hause passierte, war die Wahrheit. Nicht die ganze, dachte sie. Es gab so vieles, woraus sich kein Schluss ziehen ließ. Als Kind hatte sie versucht, alles richtig zu machen, um nicht den Zorn ihrer Mutter zu wecken. Aber was war richtig? Die einzige Wahrheit, die sie im Lauf der Jahre fand, war, dass dieser Zorn falsch und richtig nicht kannte. Woher er kam, wusste keiner. Viola nicht, nicht ihr Vater. Selbst ihre Mutter schien es nicht zu wissen. Nie verlor sie ein Wort darüber. Eine Nacht musste vergehen, etwas musste geschehen, das trennte. Dann war es vorbei. Die Stunden und Tage, die der Zorn verschlungen hatte, hinterließen ein Vakuum, um das wieder das Leben rankte. Die Erleichterung, dass es vorbei war, hatte mehr Kraft als der Wille zum Widerstand.

Ihr Vater sah sie noch immer an. Sie wandte sich ab.

»Wieso reden wir eigentlich dauernd von ihr?«, fragte sie müde.

»Ja«, sagte er. »Das ist ein Fehler.«

Sie schauten in die Ferne, die Augen zusammengekniffen.

Himmel. Berge. Trauben. So einfach soll das sein. Viola senkte den Blick. Stieß mit den Spitzen ihrer Stiefel Kieselsteine an.

Ihr Vater pfiff ein paar Takte.

»Wir müssen los, deine Mutter wartet.«

Er betrachtete sie von der Seite. »Im Grunde könntest du das doch auch mal versuchen.«

»Was?«

»Eine Kontaktagentur. Um den einen oder anderen netten Mann kennen zu lernen. Die scheint es in deiner Umgebung ja nicht zu geben. Seit, wie hieß er noch, ist offenbar kein Kandidat aufgetaucht. Und das ist doch ewig her.«

Sie hob den Kopf.

»Warum guckst du jetzt so?«, fragte er sachlich.

—

Fernsehton erfüllte das Zimmer. Die Fernbedienung lag auf dem Nachttisch, daneben ein Kreuzworträtsel. Viola drückte den Lautlos-Knopf. Erschrocken hob ihre Mutter den Kopf, der auf die Brust gesunken war.

»Mein Gott.« Sie fasste sich mit einer Hand in den Nacken. »Da bin ich doch wirklich eingeschlafen.« Benommen starrte sie auf die Fernsehbilder. In einem Konzertgraben wurden Kabel verlegt. »Das kommt von der Kugel, die ich abends nehme. Dieses Ding in Alupapier. Ich schlucke das und bin dauernd müde.«

Violas Vater blieb unter dem Deckenfernseher stehen. Er schob die Hände in die Hosentaschen und sah auf den Bildschirm. »Was guckst du da?«

»Einen Film. Mit Yves Montand. Und die Gesprächsrunde mit dem Glatzkopf. Und dieses Konzert hier auf dem Dritten Programm. Fängt gleich an. Ach … Wo ist jetzt die Fernsteuerung?«

»Ich hab leise gestellt.« Viola legte die Fernbedienung auf dem Fensterbrett ab.

Ihre Mutter gähnte. Sie schüttelte den Kopf. »Es ist nicht gut, dass ihr so spät kommt. Draußen ist es schon dunkel! Immer bin ich als Letzte dran.« Sie befühlte ihre Haare. »Wenigstens war Ines vorhin kurz da. Sie hat mir solche ganz besonderen Kreuzworträtsel gebracht. Für das Gehirnwalking.« Ihr Gesicht hellte sich auf. »Und ein Mühlespiel!«

»Gehirnjogging, Mama.«

»Eben. Und, ja … Wie willst du das machen, willst du etwa heute noch los? Fährt da überhaupt noch ein Zug? Wann kommst du denn wieder?«

Viola streckte den Rücken durch. »Kommende Woche bin ich ein paar Tage für die Arbeit unterwegs. Danach muss ich am Wochenende wohl ins Büro. In vierzehn Tagen?«

»Ach Gott.« Sie klang traurig. »Erst.«

Viola biss die Zähne aufeinander. »Wir haben Deadlines, Mama.«

»Ja. Was?«

»Abgabetermine!«

»Meine Güte, Kind. Wenn du so das Gesicht verziehst, hat man den Eindruck, in deinem Beruf ginge es um Leben und Tod.«

Violas Vater sah sich suchend um und griff nach der Fernbedienung auf dem Fensterbrett. Er drückte Knöpfe, die Augen auf den Bildschirm geheftet. Das Format der Bilder wechselte. Ein Journalist mit einem Mikrofon in der Hand sprach Richtung Kamera. Im Hintergrund schritten Männer in Fräcken durch einen Orchestergraben und nahmen auf Stühlen Platz.

»Andere Töchter haben mehr Zeit für ihre Eltern«, murrte Violas Mutter, »zum Beispiel die Tochter von …« Der Ton des Fernsehers sprang an. In ohrenbetäubender Lautstärke stimmten Geigen sich ein.

»Mach das aus!«, riefen Viola und ihre Mutter einstimmig.

Gebannt schaute ihr Vater auf den Bildschirm. Viola riss ihm die Fernbedienung aus der Hand und drückte einen Knopf. Es wurde still.

»Mein Gott«, sagte ihre Mutter.

Viola zog einen Stuhl unter dem Tisch vor, der an der Wand unter dem Fernseher stand. Sie setzte sich. Auf einem Pappteller lag das abgekratzte Biskuit einer Himbeerschnitte. Daneben entdeckte Viola ein Spielbrett aus Holz und eine Klarsichthülle mit Spielsteinen.

»Mein lieber Mann.« Ihr Vater stand mit zurückgelegtem Kopf unter dem Fernsehapparat. »Die sind ja vielleicht ausgerüstet. Auch wieder so ein Größenwahnsinniger, der Architekt. Aber da hinten, die Wand mit den Holzbeschlägen. Wenn die mal nicht feucht ist.«

»Da ist ein Stück Kuchen für dich!«, rief Violas Mutter in seinen Rücken. »Hallo!«

»Sieht ja alles schön aus am Anfang. Das geht zehn Jahre gut, fünfzehn vielleicht. Und dann sitzt der Hauspilz im Gemäuer.«

»Du sollst nicht so viel Süßes essen, Mama.« Viola schob den Pappteller von sich. »Alle sagen das. Hörst du mal den Ärzten zu?«

»Ich bin hier den ganzen Tag mit Turnen beschäftigt, Viola. Und das ohne passende Garderobe. Was habt ihr denn heute gemacht? Wollen wir ein Mühlchen spielen?«

Sie rutschte mit den Beinen Richtung Matratzenrand und schob sich vom Bett. Mit den Zehen angelte sie nach ihren Hausschuhen. Entlang des Bettrands tastete sie sich zum Tisch, zog den zweiten Stuhl zurück und fiel hinein.

Violas Vater wandte den Kopf vom Fernseher ab. Er beugte sich über den Pappteller mit dem Biskuitboden. Eine Himbeere in Gelee hing am Rand des nassen Teigs.

»Was ist das?«

»Ein paar Früchte.« Violas Mutter grinste. »Für dich.« Sie fasste nach dem Kuchenteller und hielt ihn hoch.

»Mhm…« Er zog die Hände aus den Hosentaschen und nahm den Teller entgegen. Dann richtete er seine Aufmerksamkeit wieder auf das Fernsehbild.

Im Wechsel mit ihrer Mutter setzte sie Mühlesteine auf die Kreuzungen und Eckpunkte der eingezeichneten Linien. »Irgendwie gab es da doch einen Trick. Oh, ist das lange her.«

»So!« Ihre Mutter knallte ihren letzten Spielstein auf einen Kreuzungspunkt. Viola entdeckte die Zwickmühle. Sie öffnete und schloss sich. Violas Steine wurden weniger. Sie beobachtete ihre Mutter. Jedes Mal, wenn sie am Zug war, kicherte sie.

»Mama …«

»Hm?«

»Was denkst du eigentlich von deiner Diagnose?«

»Was?« Ihre Mutter nahm einen weiteren Stein vom Spielbrett. »Ha, jetzt musst du springen!«

»Na, was die Ärzte herausgefunden haben.«

»Ich esse doch kaum Fleisch, Viola. Und das mit den Süßigkeiten, das ist dein Tick, weil du selbst so dürr bist. Dabei ist das ganz unweiblich.«

»Das meine ich nicht. Ich meine die Narben, die sie gefunden haben.« Angespannt wartete sie ab. »Weißt du?«

»Ja.« Ihre Mutter klang irritiert. Mit dem Kinn deutete sie Richtung Mühlespiel. »Du bist dran.«

»Die sagen doch, diese Narben sind ganz alt und …«

»Ich will jetzt keine Gesundheitstipps. Los! Spiel weiter, ich hab gleich gewonnen.«

Geistesabwesend nahm Viola einen Spielstein auf. »Die Ärztin im Krankenhaus meinte, und das hat sie dir ja auch gesagt …« Ihr wurde warm. »… dass diese Narben etwas zu tun haben könnten mit deinem Anfall.«

Der Blick ihrer Mutter zuckte. »Sie sagen nichts Genaues. Sie wissen es nicht.« Sie klang ungehalten. »Jetzt mach doch endlich!«

»Aber könnte das denn sein?« Mit den Fingerkuppen knetete Viola ihren Mühlestein.

»Was denn? Was soll das?« Ihre Mutter hob den Kopf.

»Ich weiß es doch nicht. Ich dachte, wir spielen!« In ihrem Gesicht stand Ärger.

Violas Vater räusperte sich. »Was ist los mit euch?«

»Was sind das für Narben, Mama?«

»Was ist das für ein Ton, Viola? Die anderen kriegen den ganzen Tag Besuch, und ich …«

»Aber ich bin da! Heute Nachmittag. Und gestern. Und letzte Woche.«

»Ich will nicht, dass du mich anschreist!«

»Ich schreie nicht!«, schrie Viola. Ihr Rücken wurde hart, der Brustkorb eng. »Kannst du mir einfach antworten?« Sie zwang ihre Stimme, ruhig zu klingen. »Eine sachliche Antwort auf eine sachliche Frage: Wo kommen diese Narben her? Du musst doch über dein eigenes Gehirn Bescheid wissen.«

Ihr Vater stellte den Pappteller auf dem Tisch ab. »Bin gleich wieder da«, murmelte er. Mit hochgezogenen Schultern lief er zur Tür.

Die Stimme ihrer Mutter zitterte. »Ich bin krank. Und man weiß nicht, wie lang ich noch leben werde …«

»Papa! Jetzt bleib doch hier«, Viola sah ihm nach. »Hallo? Kannst du *ein* Mal …« Die Zimmertür fiel ins Schloss.

»… und du kommst als Letztes zu mir, den ganzen Tag verbringst du mit deinem Vater, und … mich …« Ihre

Stimme versagte. Tränen liefen über ihr Gesicht. Sie rang nach Luft. Worte kamen und machten sich selbständig. Viola rief andere Worte dazwischen, um die ihrer Mutter aufzuhalten. Sie musste dem, was ausbrach, Einhalt gebieten. Irgendwie, dachte sie, schnell.

»Nein«, ihre Mutter heulte auf. »Nein!« Sie griff sich an die Stirn. »Ich ertrage das nicht mehr!« In ihrem Gesicht stand Verstörung. »Dieser Terror, hör endlich auf!« Sie versuchte, sich vom Tisch wegzuschieben. Der Stuhl bewegte sich nicht. »Wieso quälst du mich so?« Sie rüttelte an der Tischkante. Dann wischte sie das Spielbrett vom Tisch. Holz klapperte. Spielsteine spritzten auseinander.

»Mama …« Viola sprang auf. Sie sah einen Mühlestein, der Richtung Fenster rollte und unter der Heizung verschwand. »Ich wollte …«

»Nein! Dieses Begutachtetwerden, diese Abschätzigkeit, als sei ich nicht normal.« Sie bewegte ihre Hände rechts und links der Schläfen. Stieß die Finger durch die Luft, als wolle sie etwas Störendes aus ihrem Kopf ziehen und das Unsichtbare neu ordnen. »Aber ich bin normal, Viola. Ihr seid nicht normal, ihr spinnt doch!« Ihre Hand fuhr zum Tisch und fasste nach der Fernbedienung. Das Plastikgehäuse flog an Violas Ohr vorbei und schlug mit einem Knall gegen die Tür. Jäh setzte Orchestermusik ein. Streicher in Fortissimo mischten sich mit unverständlichem Schreien.

»... das ... nicht ... mehr ...«

Ihre Mutter hielt die Fäuste hoch. Dahinter sah Viola ihr verzerrtes Gesicht.

—

Zwei Stunden später, auf halber Strecke, kam sie zu sich. Montag. Morgen ist Montag, dachte Viola. Dann ist Dienstag. Nach Dienstag kommt Mittwoch. Nach Mittwoch: Donnerstag. Dann Freitag. Ein entgegenkommender Zug raste vorbei und warf Regentropfen gegen die Scheibe.

Sie setzte die Hände in Bewegung, die ihre Handtasche auf den Knien festhielten. Sie zog ihr Handy heraus. Der Empfang war instabil. Unter »M Kur« war die Nummer ihrer Mutter gespeichert. Das Freizeichen riss kurz ab, als der Zug durch einen Tunnel fuhr. Viola ließ es läuten, bis die Verbindung endete.

In der Dunkelheit des Fensters sah sie ihre Spiegelung. Die Linien ihres Gesichts waren hart. Frieden machen. Geht das denn? Frieden um jeden Preis. Immer war sie dieser Prämisse gefolgt, hatte sie den anderen Gefühlen vorgezogen. Außer ein Mal.

Auch damals hatte ein Zugfenster ihr versteinertes Gesicht reflektiert. Drei Monate Paris, mit Schulbesuch und Sprachunterricht. Sie hatte gekämpft und gebettelt, nicht lockergelassen. Zum ersten Mal allein, weg von zu Hause.

›Du bist erst sechzehn‹, brachte ihre Mutter vor. ›Wer soll das zahlen?‹ Und: ›Andere Kinder …‹

Zwölf Wochen. Vierundachtzig Tage. ›Ich bin aber nicht andere Kinder. Und du wolltest doch, dass mein Französisch besser wird.‹

Während der Sommerferien hatte sie in einer Lagerhalle für sechs Mark die Stunde Kartons gefaltet. Als sie das Geld für das Zugticket zusammengespart, die Empfehlung des Rektors, die Unterstützung Margaretes und das wohlwollende Schweigen ihres Vaters auf ihrer Seite hatte, gab ihre Mutter nach. Viola erinnerte sich, wie sie mit Herzklopfen und brüchigem Französisch ins Telefon sprach. ›Je peux venir …‹

›Leg auf!‹, befahl ihre Mutter im Hintergrund. ›Das wird zu teuer.‹

Sie wollte den Eiffelturm sehen. Die Stufen vor Sacré-Cœur. Das Grab von Jim Morrison auf Père Lachaise. Dass es sie in Yannicks Heimat zog, wusste sie nicht.

Einzelne Lichter zogen vorbei. Der Zug passierte einen Regionalbahnhof. Dann sah sie wieder ihr Gesicht in der Scheibe.

Ich bin durch Straßen gewandert, die er auswendig kannte. Bin denselben ruppigen Kellnern begegnet, den fliegenden Händlern am Boulevard Barbès. Den Gartenstühlen im Jardin du Luxembourg, die auch im Winter stehen bleiben, wenn in den Wasserbecken das Laub zerfällt. Alles, die herrschaftlichen Häuserfassaden, die Graffiti an den Brückenpfeilern, der Wind in den Gängen der Metro, alles verband sich mit einer sehnsuchtsvollen Erwartung, die sich auf nichts Bestimmtes bezog. Einfach auf das Leben an sich.

Damals zählte das Génitron am Centre Pompidou die Sekunden bis zum Jahr 2000 herunter, ein Datum, das nicht auszudenken war. Als sie später mit Yannick an Orte kam, die jeder von ihnen zuvor allein gesehen hatte, gab es den Sekundenzähler nicht mehr. Und Viola hatte den Eindruck, dass die Verheißung dieser Orte begonnen hatte, sich zu erfüllen.

Ein Kleinkind stolperte durch den Gang des Großraumwagens und juchzte. Eine Frau folgte, ein Baby auf dem Arm. Es lutschte an seiner Hand und sah Viola gleichmütig an. Sie schloss die Augen, massierte mit den Fingern Stirn und Schläfen.

Am Vorabend ihrer Abfahrt nach Paris hatte sie in ihrem Zimmer auf dem Boden gekniet, umgeben von Kleidung,

Büchern, etwas Schmuck. Jedes Teil war durchdacht. Beim Packen spürte sie ein Ziehen im Magen. Die Angst war schön. Sie erschrak, als der Schieber vom Reißverschluss ihrer Reisetasche entgleiste. Die Tasche ließ sich nicht mehr schließen.

Sie schlich in den Keller, zog einen Koffer vom Regal. Als sie die Treppe heraufkam, stand ihre Mutter in der Wohnungstür.

›Den kriegst du nicht‹, sagte sie, ›das ist meiner.‹

Viola kehrte um. Einen Koffer nach dem anderen schleppte sie hinauf in die Wohnung. Als sie das Nein zum dritten Mal hörte, schob sie sich an ihrer Mutter vorbei. Sie warf ihre Zimmertür zu, klappte den Koffer auf, um den sie zuletzt gebeten hatte, und stopfte ihre Sachen hinein.

›Nein-nein-nein!‹ Ihre Mutter stürzte ins Zimmer. Sie schrie nach Violas Vater, während sie an einer, Viola an der anderen Kofferhälfte zerrte. Als Viola losließ, stolperte ihre Mutter rückwärts und verstummte. Der kampfwütige Ausdruck in ihrem Gesicht verwandelte sich in Verblüffung, als Viola auf sie zuging, in Schrecken, als Viola die Hände hob.

Sie fasste nach dem Hals ihrer Mutter, wich im letzten Moment auf den Kragen ihres Kleides aus. Viola zog an dem Stoff, bis er riss. Sie spürte Hass, der durch ihren Körper strömte.

›Lass mich‹, knurrte sie. ›Geh weg.‹

Als sie am nächsten Morgen allein mit dem Bus zum Bahnhof fuhr, blieb ein Teil von ihr zuhause zurück. Die Leerstelle wurde von einem Bild eingenommen, das wieder und wieder in ihr aufflackerte. Zerrissener Stoff hängt am Körper ihrer Mutter. Er gibt die nackte Haut einer Schulter und einer Brust frei.

# Furor Teutonicus

Die rosafarbene Bäckerin trug ihr Haar kürzer und weniger blond. Jeden Morgen wünschte sie Viola einen schönen Tag. Wenn Viola *ebenso* sagte, war sie über den fröhlichen Klang ihrer eigenen Stimme erstaunt. War das ein Erfolgserlebnis?

Sie nahm Türklinken in die Hand, marschierte an parkenden Autos entlang und wich Müttern mit Kinderwägen aus. Im verspiegelten Aufzug fuhr sie hinauf in den dritten Stock des Bürogebäudes, und abends fuhr sie wieder hinunter. Tagsüber durchquerte sie Flure, öffnete und schloss Aktenschränke, Computerdateien und die Glastür ihres Büros.

Sie befühlte das Fell der Hasenfamilie, grübelte über das Preis-Leistungs-Verhältnis von Acryl, Schurwolle und Mohair und versuchte daran zu denken, vor größeren Meetings ihre Lippen nachzuschminken.

Wenn sie mit dem Schwarzen Anzug über den Stand der Dinge sprach, wurden ihre Hände vor Anstrengung feucht.

Mittags rührte sie in der Teeküche ihre Salatsauce um. Die Sonne fiel auf den Boden vor ihrer Schreibtischinsel. Das Telefon klingelte, ließ sich abheben und beantworten. Ihre Nägel wuchsen. Im Hinterhof klapperten die Container, wenn die Müllabfuhr kam. Irgendwo tschilpten Vögel. Alles tut so, als sei es noch da. Viola starrte auf den Bildschirm ihres Computers. Aber das stimmt nicht. Tasse, Stuhl, Tisch, das Rauschen der Heizung. Diese Zimmerpalme. Nichts steht mehr zur Verfügung.

Als es klopfte, fuhr sie zusammen. Max stand vor der Glastür. Er hielt seine Schaufelhände hoch, drehte sie wie Schilder bei einer Straßendemonstration.

»Blasen!« Er öffnete die Tür und streckte den Kopf herein. »Vier Stück insgesamt. Vom Kuchenbacken.«

»Tapfer.« Sie versuchte zu lächeln.

»Wir kriegen morgen Besuch, Kimi wird dreißig.«

»Glückwunsch.«

Er strahlte. »Kommst du mit zum Mittagessen? Sonst vergessen die anderen noch, wie du heißt.«

Viola deutete auf einen Stapel bedruckten Papiers, der vor ihr lag. Entschuldigend hob sie die Hände.

Er nickte. »Ich hab noch eine Studie gefunden und für

dich gescannt. Es geht um Kooperationen mit Disney. Die haben Bilderbücher gemacht, dann einen Animationsfilm fürs Kino, und erst zuletzt kam das Stofftier auf den Markt. Gar nicht dumm.«

Viola bejahte abwesend.

»Vielleicht geht so was auch umgekehrt?« Er schaute sie erwartungsvoll an.

Sie bedankte sich für seinen Einsatz und sah ihm nach, bis sein Haarschopf am Ende des Flurs aus ihrem Blickfeld verschwand. Dann nahm sie den Hörer des Telefons ab und wählte eine Nummer, ohne auf die Tasten zu gucken.

»Hallo, mein Schatz. Ich habe es auch schon bei dir versucht. Moment.« Margarete legte den Hörer beiseite.

Im Hintergrund hörte Viola Frauenstimmen, die durcheinandersprachen. Sie wurden leiser, als eine Tür sich schloss. Die Schritte ihrer Tante kamen zurück. Es raschelte.

»Ich habe das Haus voll. Bist du im Büro?«

Viola betrachtete ihre wunde Nagelhaut. »Genau.«

»Gestern war ich bei deiner Mutter. Sie ist sehr wacklig, so kennt man sie nicht. Aber schön hat sie es da. Nur das mit dem Essen …«

»Ich weiß.« Sie steckte einen Finger in den Mund und schmeckte Blut.

»Dabei bekommt sie strengste Vorwürfe von ihrer Freundin«, sagte Margarete. Im Hintergrund wurde es still, dann brach die Versammlung in Lachen aus.

»Von Ines? Ja. Das hört die nicht.«

»Und wie geht es dir?«, fragte Margarete.

Viola nahm den Finger vom Mund. »Viel zu tun. Gerade komme ich nicht richtig voran.« Sie spürte, wie sich ihre Kehle zuschnürte. »Aber das wird schon.«

Sie hörte Margaretes Atem.

»Hast du jemanden, mit dem du ab und zu reden kannst?« Durch die Leitung war das Schrillen der Haustürklingel zu hören. »Entschuldige bitte.« Sie legte das Telefon ab. Die Stimmen wurden lauter. »Grete!«, rief eine Besucherin.

Viola schluckte. Sie versuchte, ihre Stimme zu kontrollieren, als ihre Tante zurück an den Apparat kam.

»Wollte nicht lang stören. Könntest du noch mal bei Papa vorbeischauen, bevor ich wiederkomme? Der hört das Telefon nicht. Ich habe den Eindruck, er braucht versorgungstechnisch ein bisschen Nachhilfe.«

»Das geht in Ordnung.«

»Danke.«

Vor ihrem Bürofenster wippten Äste im Wind. Als sie den Kopf drehte, stand der Schwarze Anzug an ihrem Schreibtisch. Seine Hosenbeine berührten Minnis Kleid. Sie sah seinen Hemdkragen und den Krawattenknoten. Die

Ränder unter seinen Augen waren dunkel. Er roch nach Rauch.

»Tschüss!« Sie legte auf.

»Und?«

»Läuft«, sagte sie erschrocken.

»Ergebnisse?«

Viola spürte seine Unzufriedenheit. Sie griff nach ihr wie eine Hand. Absolut keine, fuhr es ihr durch den Kopf. »Spätestens Mitte nächster Woche.«

»Geht das nicht früher? Montag ist Vorstandssitzung.«

Auf keinen Fall. Viola biss sich auf die Zunge. »Ich denke, das ist machbar.«

»Freut mich.« Der Schwarze Anzug verzog keine Miene.

Sie schob die Kugelschreiber auf ihrer Schreibtischinsel zusammen und legte den Notizblock parallel zum Wirtschaftsteil der Tageszeitung. Ihr Handy rückte sie in den rechten Winkel zum Telefonapparat. Dann sah sie wieder auf. Ihr Chef stand reglos da und blickte auf sie herunter.

»Wir halten uns ran.« Sie hielt ihr Lächeln, bis er die Glastür hinter sich ließ. Als er am Ende des Flurs verschwunden war, klingelte ihr Mobiltelefon.

»Li…ne.« Ihre Mutter schluchzte. »Du kannst das Leben

drehen und wen…den wie du willst, holterli, pol…terli, letztlich ist doch alles nur Kä…äse.«

»Mama!«

»Die meisten Sachen im Leben sind eben nur zum An…schauen da.« Sie atmete ruckweise. »Wenn du nicht bald kommst, bin ich vor…her krepiert.«

»Bitte.« Viola versuchte ein Lachen. »Was soll ich denn dann mit Papa machen?«

»Das fragst du mich?« Ihre Stimme verfestigte sich. »Dasselbe wie ich! Du passt auf, dass er seine Hö…hörgeräte nicht verlegt, zahlst seine Arztrechnungen und spielst Küchenmagd. Mehr gibt das Leben e…ben nicht her.« Sie schnäuzte sich. »Hast du mich lieb?«

Viola sah Max den Flur herunterkommen. Sie lief zur Glastür und schob sie mit dem Fuß zu.

»Ich mache mir Sorgen.«

»Dann komm am Wochenende.«

»Ich … ich versuch's.«

»Versprochen? Viola, versprochen?« Sie atmete ein, als wolle sie ihren gesamten Körper mit Sauerstoff füllen. »Da freue ich mich. Dann kannst du mir ein bisschen helfen, ich muss dringend kurz nach Hause und andere Kleider herholen. Und ich wag mich nicht in diese Ruine ohne dich. Vorhin kam dein Vater hier an, teerverschmiert. Er war auf dem Dach beschäftigt, sagt er. Stell dir das vor. Dein greisenhafter Vater, oben auf dem Dach. In seinem besten Anzug. Ist das nicht würdelos? Mein Leben ist doch wirklich verwirkt.«

Jetzt stand Max vor der Glastür. Seine Backen hingen schlaff herunter.

»Line, hallo? Was machst du eigentlich gerade?«

Max griff nach der Türklinke. Viola hob verneinend die Hand. »Nichts. Ich bin im Büro.«

»Nichts? Wie schön. Das sollte ich auch mal tun, nichts. Hier wird man ja dauernd beschäftigt. Ich bin so froh, wenn ich diesen Logopäden los bin. Mir ist schwindlig, wieso muss ich da Papier falten? Und kennst du Scrabble? Was für ein Mumpitz. Ich verstehe überhaupt nicht, was ich da wo anlegen soll.«

Max wartete. Sah Viola an, regte sich nicht.

»Hast du Schnupfen?«, fragte ihre Mutter.

»Was? Nein. Wieso?«

»Ich auch nicht.«

»Ah. Schön.«

»Nicht wahr?« Sie kicherte. »Ich wollte auf etwas aufmerksam machen, das wir beide nicht haben. Um uns ein wenig zur Dankbarkeit anzuregen.«

Als Viola aufgelegt hatte, öffnete Max die Tür.

»Er hat mir eben unten in der Halle gesagt, dass …«

»Ich weiß.« Ihr wurde heiß. »Und du musst da noch mal allein dran, Max. Dieses Wochenende.«

Seine Stirn weitete sich. Der Ansatz seines Haares zog sich nach oben. Er wurde blass.

»Ich muss ausnahmsweise … Meine Eltern, meine Mutter hat Schwierigkeiten und … Es tut mir leid.«

Sie rollte ihren Koffer aus dem Flur ins Schlafzimmer. Öffnete ihn, schob die Schranktüren auf und versuchte, sich darauf zu konzentrieren, welche Kleidung sie ins Haus ihrer Eltern mitnehmen sollte. Ein Gefühl, das sie kannte, kam in ihr auf. Es gehörte zu der ersten Zeit nach Yannick.

Täglich hatte sie damals Koffer gepackt, um zwischen Kunden, Office und Wohnung zu pendeln. Anfangs hatte das geholfen. Sie sammelte Flugmeilen, Visitenkarten, Erfolge. Und ein Zeitpolster, das sie von dem, was gewesen war, trennte. Yannick wurde weniger. Sie brauchte kaum noch Kraft, um die Gedanken an ihn fortzuschicken. Stattdessen fing sie an, nachts vom Kofferpacken zu träumen. Sie ordnete Dinge, überprüfte, was sie bereitgelegt hatte, ging im Geist ihre Packlisten durch. Immer galt es, etwas Dringendes mitzunehmen, das ihr nicht einfallen wollte. Wenn sie morgens aufwachte, nagte die Ungewissheit an ihr.

Dann kam der Tag, an dem sie für eine zweiwöchige Auslandsreise packen musste und die Sachen, die sie zurechtgelegt hatte, nicht in ihrem Koffer unterbekam. Sie holte eine Reisetasche hinzu, schob Gegenstände hin und her, packte ein, packte aus, packte um. Irgendwann saß sie auf dem Bettrand und weinte.

›Hören Sie auf mit dieser Arbeit‹, empfahl ihr Hausarzt, den sie um ein Rezept für ein Beruhigungsmittel bat. ›Machen Sie eine Pause. Versuchen Sie etwas zu tun, das Ihnen Spaß macht.‹

Viola sah den Arzt an. Sie rührte sich nicht. Einzig ihre Finger waren in Bewegung. Hinter der Handtasche versteckt, knibbelten sie die Nagelhaut blutig. ›Eine Pause‹, echote sie. ›Wie meinen Sie das?‹

—

Als sie im Dunkeln auf den Hauseingang zuging, entdeckte sie Licht. Es schimmerte durch die Ritzen der Rollläden ihres ehemaligen Kinderzimmers.

Ihr Vater lag auf die Seite gedreht, den Kopf zwischen zwei Bücherstapel gebettet. Die Decke hatte er bis zu den Ohren gezogen, die Arme darunter an sich gedrückt. Ein leises Fiepen umgab seinen Körper. Viola hielt den Atem an, während sie suchte. Das schwarze Kästchen lag auf dem Nachttisch am Kopfende des Betts. Sie drehte die Hörgeräte in ihren Händen, bis sie an einer Seite den winzigen EIN/AUS-Schalter fand. Es wurde still.

»Was denn?«, brummte ihr Vater, als sie sich über ihn beugte und die Nachttischlampe ausknipste.

Am nächsten Morgen mischte sich das Klingeln ihres Handys mit seinem Gebrüll. Er stürzte in das Dachzimmer und schrie ihren Namen. Viola warf die Decke zurück und sprang aus dem Bett. Durch die offene Tür sah sie ihren Vater, der im Treppenhaus mit Plastikeimern hantierte. Von der Isolierfolie, die zwischen den Dachbalken hervorquoll, tropfte Wasser.

»Mein Dach«, jammerte er. »Ich wusste es!«

Viola lief zurück ins Zimmer. »Ruhe!«, rief sie und nahm das Telefon ans Ohr. »Schelling?«

»Wir brauchen Sie morgen«, sagte der Schwarze Anzug. Seine Nase klang verstopft. »Ich habe mir den Stand gestern Abend von Ihrem Assistenten zeigen lassen. Das können Sie nicht delegieren bis Montag.«

»Okay«, sagte Viola mit trockenem Mund. »Ich bin gerade in Süddeutschland …« Und das Schiff sinkt, dachte sie.

»Mein Haus!« Ihr Vater hastete aus der anliegenden Wäschekammer zurück in den Flur, ein tropfendes Laken in der Hand. An seinem Fuß klebte eine Plastiktüte. »Himmel, Arsch und Zwirn!«

In zwei Schritten war Viola bei der Zimmertür und zog sie zu.

»Das ist schön für Sie.« Der Schwarze Anzug lachte hart. »Frau Schelling, mich wundert, dass Sie …« Ihr Telefon piepste und schaltete sich aus. Mit einem Blick sah sie, dass ihr Ladegerät nicht im Koffer lag.

»Was weiß denn ich, was mit dem Internet los ist«, schrie ihr Vater. In Unterhemd und Schlafanzughose stand er im Flur, das Telefonbuch in der Hand. »Wie heißt dieser Kerl gleich, Gopferdeckel, dieser, dieser … der Sohn vom Senior. Der Senior, Senior, verfluchter Mist noch mal!«

»Papa, heute ist Samstag. Du kriegst keinen Handwerker. Und jetzt hör auf, ich habe hier entscheidendere Probleme.«

»Der Name! Der Name! Das ist doch zum Kotzen.«

Als Viola die Mobilfunknummer ihres Chefs in ihrem Laptop gefunden hatte und aus dem Büro ihres Vaters anrief, schaltete sich die Mailbox ein.

»Ich kümmere mich«, sprach sie auf Band. Dankbar stellte sie fest, dass ihre Stimme gefasst klang. »Wir sehen uns beim Vorstand, spätestens, und … Ihnen ein schönes Wochenende.«

Beim Frühstück fiel kein Wort. Ihr Vater schmierte Honig auf einen Stapel Knäckebrote, die er sich mit je zwei Bissen in den Mund schob. Den Tee schlürfte er. Danach setzte er das Auto aus der Garage.

—

Sie saß in Hausanzug und Mütze auf dem Metallbett. Ihre Handtasche hatte sie auf den Knien abgestellt. Sie winkte. Wie im Kindergarten, dachte Viola. Mit Widerstreben küsste sie die Wange, die ihre Mutter ihr hinhielt.

»Na? Jetzt fahren wir nach Hause!« Sie klang munter. »Ihr seid spät dran, wir hatten Vormittag gesagt. Ich bin so froh, wenn ich hier für ein paar Stunden rauskomme.« Sie blickte sich um. »Wo ist denn der Koffer, um den ich gebeten hatte? Hier hat sich doch so viel angesammelt.«

»Vergessen«, murmelte Violas Vater. »Bei uns regnet es rein.«

»Oh Gott – *dein Haus!* Bist du darum auf dem Dach herumgeturnt und hast dein Leben riskiert? Oder machst du da oben Versuchsreihen für eines deiner Hirngespinste?«

Er knurrte.

»Bitte, Mama.« Viola bückte sich und zog zwei zerknüllte Plastiktüten aus einem Fach des Nachttischs. »Hast du davon noch mehr?« Sie drückte ihrem Vater eine Tüte in die Hand.

»Im Schrank vielleicht. Irgendwo ist ein Stoffbeutel, glaube ich. Aber der Koffer … All die vielen Dinge, habt ihr das vergessen?« In kurzen Schritten schlurfte Violas Mutter durchs Zimmer. »Schaut mal, wenn ich doch ausdrücklich …«

»Ja! Ja! Ja! Ja! Ja! Ja! Ja!«, platzte Violas Vater heraus. Er machte eine ausladende Bewegung und stieß gegen eine Blumenvase, die am Fenster stand. Glas prallte auf Marmor. Wasser tropfte vom Fensterbrett.

Ihre Mutter schwankte. »Um Himmels willen.« Mit der Hand stützte sie sich in einer Himbeerschnitte ab, die auf dem Tisch lag. »Was ist denn mit euch los?«

Bekümmert sah sie ihren Handballen an. Eine Schicht Sahnequark klebte daran. »Den hatte ich extra für euch gekauft.«

»Wir wollen den nicht!« Viola riss die Tür des Kleiderschranks auf. »Wir wollen einpacken und gehen.« Sie zerrte Pullover und Hosen aus den Fächern. »Und auspacken, umpacken, einpacken, auspacken, umpacken.«

Unter der Garderobe stand ein Karton, den sie mit alten Zeitschriften füllte. Der Stoffbeutel hing an der Türklinke zum Bad. Sie stopfte Schals und Tücher hinein.

»Nicht die!«, rief ihre Mutter. »Die bleiben hier. Aber die Unterwäsche in der Kommode.«

Die richtigen Dinge. Viola bebte. In den Ecken der Schubfächer lagen einzelne Socken, zerknickte Prospekte und Bonbonpapier.

»Ein Hausschuh fehlt«, rief ihr Vater mit rotem Kopf. »Ein Hausschuh! Fehlt! Soll der etwa auch hierbleiben?«

Viola fasste in Alufolie. Sie zog einen Klumpen verklebter Cremekekse aus einem Winkel der Kommode.

»Ich verstehe nicht, warum ihr so schreit.« Ihre Mutter stand in einer Zimmerecke und drückte ihre Handtasche an sich.

»Schreit, schreit, schreit!«, bellte Violas Vater.

Viola hob den Keksklotz hoch. Ihre Mutter zog den Kopf ein.

»Darum«, herrschte Viola. »Weil du hier nie wieder rauskommst, wenn du weiter diesen Mist isst. Darum schreien *wir* heute mal!« Und aus tausend anderen Gründen, schoss es ihr durch den Kopf.

Die Tür ging auf. Eine Pflegerin steckte den Kopf ins Zimmer. Sie trug eine praktische Kurzhaarfrisur und lächelte. »Frau Schelling?«

»Hallo«, sagte Violas Mutter erleichtert.

»Brauchen Sie Hilfe?«

»Nein!«, brüllte Violas Vater aus dem Badezimmer. Klirrend fiel ein Gegenstand ins Waschbecken.

Das Lächeln der Pflegerin zerfiel. Ihr Kopf zog sich zurück. Als die Tür sich wieder schloss, entdeckte Viola in der Zimmerecke den zweiten Hausschuh.

Mit Plastiktüten und Taschen beladen zogen sie durch den Flur. Violas Vater lief vorneweg. Viola folgte. Ihre Mutter, die etwas hinter ihr ging, griff nach ihrer Hand.

Vor dem Aufzug kam ihnen, eine Schale in der Hand, die Pflegerin mit dem praktischen Haar entgegen. Sie lächelte wieder.

»Moment noch. Wir messen den Blutdruck zur Sicherheit. Und Sie haben die Medikamente dabei, für den Nachmittag, ja?«

Violas Mutter plumpste auf einen der Stühle, die neben dem Aufzug standen. Sie sah blass aus. Ihre Wollmütze war verrutscht, auf der Stirn glänzte Schweiß. Viola und ihr Vater blieben im Hintergrund stehen, Taschen und Tüten in den Händen. Violas Mutter stellte ihre Handtasche neben dem Stuhlbein ab. Sie kippte um. Erfrischungstücher rutschten auf den Linoleumboden.

»Lassen Sie, das mach ich gleich.« Die Schwester pumpte Luft in die schwarze Manschette am Oberarm von Violas

Mutter, ließ wieder Luft ab und sah kurz auf die Uhr. Dann auf die Anzeige des Messgeräts.

Als sie sich zu Viola und ihrem Vater umdrehte, hatte das Lächeln ihr Gesicht verlassen. »Es tut mir leid. Ich muss Rücksprache mit der Ärztin halten. So kann Ihre Mutter nicht nach Hause.«

Viola stellte die Plastiktüten ab. Um dem Blick der Schwester auszuweichen, sah sie zu ihrem Vater. Der zog die Schultern hoch. In einer Hand hielt er den Stoffbeutel, mit der anderen drückte er den Karton voller Zeitschriften an sich. Obenauf lag ein Pantoffel.

Den Nachmittag verbrachten sie an einem Plastiktisch in der Kantine. Sie tranken Hagebuttentee. Violas Vater las in einer Fernsehzeitschrift und nickte ein. Viola kaufte zwei Himbeerschnitten. Mit Überwindung schluckte sie Biskuit und Gelee. Sie spielten Mühle, bis es dunkel wurde. Ihre Mutter schaute konzentriert auf das Spielbrett und freute sich, als sie vier Mal hintereinander gewann.

Viola nickte Beifall. Du sollst jetzt immer gewinnen. Wenn nicht von selbst, dann helfe ich nach. Hauptsache, du freust dich. Und siehst nicht so leergelebt aus. Hauptsache, du wirst wieder gesund.

»Schade«, sagte ihre Mutter, als Viola mit ihr in der Eingangshalle stand. Die Schiebetür öffnete und schloss sich. Ein Rollstuhlfahrer kreuzte hinter Violas Rücken. Er zog kalte Luft und den Geruch von Zigaretten hinter sich her. »Aber dann vielleicht nächste Woche?«

»Bestimmt. Ich rufe die Ärztin an und kläre das. Und Papa bringt dir neue Kleider.« Durch die Glasfront des Eingangsbereichs sah sie ihren Vater auf dem Parkplatz. Er zerrte an der Fahrertür des Wagens. Im Licht einer Laterne war der Dampf seines Atems zu sehen.

Ihre Mutter zupfte sie am Mantelärmel. »Ich fühle mich auch noch nicht so sicher«, sagte sie leise.

Im Gesicht, das zu ihr aufschaute, sah Viola die eigene Angst. Sie fasste nach den Händen ihrer Mutter und drückte sie.

Draußen hupte es. Das kleine weiße Auto rollte an Rauchern in Trainingsanzügen vorbei. Neugierig drehten sie die Köpfe.

Viola löste den Griff. Mit den Fingern wischte sie die Tränen aus dem Gesicht ihrer Mutter. Die nestelte ein Taschentuch aus der Hosentasche. Strich behutsam über Violas Wangen.

»Sei nicht traurig, Linchen. Bitte, sei doch nicht traurig.«

—

Im Schlafzimmer öffneten sie Schränke und Schubladen. Ihr Vater hob Kleidungsstücke hoch und warf ihr fragende Blicke zu. Frotteesocken. Seidene Unterwäsche. Clogs.

Viola schüttelte den Kopf. Sie ließ sich auf das Bett fallen und zog die Füße aus den Stiefeln.

»Tja.« Ihr Vater lehnte sich gegen den Frisiertisch, mit der Hand auf den Rand eines Tellers. Ein Schwung Lippenstifte rollte heraus und verteilte sich auf dem Teppich. Er zog die Beine seiner Cordhose hoch und ging auf die Knie.

»Mich wundert immer, dass deine Mutter noch so viel findet.« Seine Stimme klang gequetscht unter dem Tisch hervor. »Früher war die Unordnung nur im Innern der Schubladen. Aber jetzt ist dieser Zustand ja hinausgewuchert ins ganze Haus.« Er schob den Hintern in die Höhe. »Furor Teutonicus.«

Viola zog ein Kissen heran und legte den Kopf ab.

Ein dumpfer Schlag ließ den Frisiertisch erzittern, Schälchen und Schüsseln klirrten. Ihr Vater rappelte sich hoch, das Gesicht rot angelaufen. Sein Haar stand als Kranz vom Kopf ab.

Sie kicherte.

»Lach nicht«, bellte er und plumpste neben ihr auf die Matratze.

»Zeig mal.«

Er senkte den Kopf. Sie betastete die gerötete Stelle, auf der schütteres Haar wuchs. »Armer Papa.« Sie strich es glatt.

Er knurrte. »Armer Papa. Wenn du mich so behandelst, hab ich das Gefühl, ich sei ein Haustier.«

Viola ließ sich nach hinten auf die Decke fallen. Sie legte ihre Brille auf dem Nachttisch ab und massierte die schmerzenden Gesichtsmuskeln.

»Bist du doch auch.« Sie griff nach einem Kissen und warf es ihm in den Rücken. »Du armer Papa.«

Er zuckte zusammen.

»He!« Er packte das Kissen und schleuderte es zurück. Es traf Violas Gesicht.

»Was?« Sie schnellte hoch. »Du ar-mer, ar-mer Pa-pa.« Sie schlug ihn mit dem Kissen, ehe sie es gegen seinen Hinterkopf warf. Ein zweites hinterher. Es streifte sein Brillengestell.

»Lass den Blödsinn«, raunzte er.

Als er aufstehen wollte, griff sie nach seinen Hosenträgern.

»Wuff, wuff.«

»Ende jetzt!« Er taumelte, fiel zurück auf das Bett und schlug um sich.

Sie warf ein weiteres Kissen, dieses Mal auf seinen

Bauch. Dann stand sie. Die Matratze wippte. Ihr Vater wippte im Sitzen mit und rückte störrisch an seiner Brille. Das nächste Kissen traf ihn im Nacken. Er lehnte sich zurück, fasste nach Violas Wade, rüttelte, bis sie das Gleichgewicht verlor.

Mit einem Kissen in der Hand stand er über ihr und drosch auf sie ein.

»Aaaarmer, aaaaarmer Papa.« Ihr wurde warm. Sie zerrte an seinem Hosenbein, rappelte sich hoch, begann zu hüpfen. Er musste lachen. Reflexartig zog er den Kopf ein. Ein Kissen sauste an ihm vorbei und brachte den Kleiderständer zum Einsturz.

»Siehst du jetzt!«, schrie er und bekam ein Nachthemd zu fassen, das er als Peitsche einsetzte. Violas nächster Wurf wischte ihm die Brille aus dem Gesicht.

»Schluss!«

Er fing an, sie zu kitzeln, sie kreischte. Wand sich, boxte und kratzte und bekam wieder ein Kissen zu fassen. Beide rissen, bis es nachgab. Ein Schwall Daunen verteilte sich auf Haar und Wimpern. Weißer Flaum setzte sich in die Nasenlöcher und Krägen und auf den Rand der Deckenlampe. Viola schüttelte Stoff und schrie. Ihr Vater, das Haar elektrisiert, stapfte mit rudernden Armen über das Bett. Sie griffen nacheinander, zerrten und zogen. Kissen, Decken,

Hemden, Hosen und Büstenhalter, eine Wärmflasche, ein Pullover, Zeitschriften, Schals, Mützen und Hüte, Butterbrotpapier, zwei grüne Stiefel und eine Echthaarperücke flogen durch das Ewige Schlafzimmer. All die falschen und richtigen Dinge.

»Furor!«, schrie Viola. »Teutonicus!« Immerhin, dachte sie. Zwei Worte, die sich sagen lassen.

—

Sie wachte auf, als es draußen noch dunkel war, und lag da, mit geöffneten Augen. Dann schlief sie wieder ein. Das nächste Mal wurde sie wach, als ihr Vater sie am Ärmel zupfte. Er saß auf dem Bettrand. Die Nachttischlampe brannte.

»Warst du vorhin in meinem Zimmer?«, fragte er mit nachtmüder Stimme.

»Was?« Viola drehte sich zur Seite und tastete nach ihrer Brille. »Nein.«

Ihr Vater sah sie an. Sein Mund stand halb offen.

Sie entdeckte seine unausgerüsteten Ohren. »Nein!«

»Also, jetzt schlägt's dreizehn.« Er stand auf. Nahm wieder Platz und kratzte sich am Hinterkopf. »Seh ich denn Gespenster? Heute früh habe ich Schritte gehört. Und dann hat jemand meine Hand gestreichelt, so«, er machte es vor, »gekitzelt. Ich dachte, das bist du, und du seist gekommen, um mir Auf Wiedersehen zu sagen.«

»Ich nehme erst den Zug um halb zehn, Papa. Vorher mache ich dir noch Frühstück.« Sie gähnte. »Haben wir doch gestern geklärt.«

Er beugte sich vor. »Fährst du jetzt schon?«, fragte er beunruhigt.

»Nein!!«

Er fuhr zusammen.

»Aha«, sagte er. »Habe ich dich etwa geweckt?«

Sie stützte sich auf die Ellbogen und sah zum Fenster. Es dämmerte.

Der Schwarze Anzug fiel ihr ein. Sie setzte sich auf. Malte sich aus, wie sie Contenance annehmen würde, wenn sie am Nachmittag ins Büro käme. Sie würde sich für das abgebrochene Telefonat entschuldigen und sofort auf die Arbeit zu sprechen kommen. Obwohl ihr das in diesem Moment unmöglich schien, wusste sie, dass sie es schaffen würde zu lächeln.

»Na, so was.« Ihr Vater beugte sich vor. »Hast du das immer noch?« Er zupfte an Violas himbeerfarbenem Schlafhemd.

Sie sah an sich hinunter. Das Hemd war ihr zu groß. Der

Ausschnitt war eingerissen. Unter dem linken Arm klaffte ein Loch. Es ist frisch gebügelt, dachte Viola.

Ihr Vater musterte den ausgewaschenen Stoff. »Unten im Wohnzimmer steht ein Foto im Regal. Von anno dazumal! Da hast du auch …«

»Ich weiß, Papa«, fuhr sie dazwischen.

»Wie bitte?« Mit offenem Mund sah er sie an.

Sie schob die Brille auf die Stirn und rieb sich die Augen.

»Jejeje.« Er stand auf und sah sich im Zimmer um. »Und wer war das jetzt heute Nacht an meinem Bett?« Er schob den Vorhang beiseite. »Schneit draußen. Das rettet mich. Aber bevor es taut, muss das Dach auf Vordermann sein. Ehe deine Mutter zurück ist. Dann darf ich hier ja wieder den Gesellschafter spielen und ihr Händchen halten beim Zeittotschlagen.« Er schlappte zur Tür. »Darin ist sie ja Spezialistin, nicht wahr.«

Viola legte sich zurück unter die Decke. Sie drehte sich auf den Bauch und schob die Hände unter das Kissen. Vielleicht war heute Nacht ein Geist im Haus unterwegs. Ein freundliches Gespenst, das uns beide geweckt hat.

Dann kam ihr ein anderer Gedanke.

Einen Augenblick später stand sie. Sie griff nach ihrem Handy und erinnerte sich an den leeren Akku. Barfuß lief sie ins Treppenhaus.

»Papa?!«

Die Tür zu seinem Büro war angelehnt. Er hatte die Nummer der Reha-Klinik auf einen Zettel geschrieben und mit Tesafilm an die Schreibtischlampe geklebt. Beim Wählen vertippte sie sich und musste von vorn beginnen. Sie hörte dem Freizeichen zu, hielt den Atem an.

Nach einem Dutzend Mal Klingeln wurde abgenommen.

»Mama?« Sie drückte den Hörer ans Ohr. »Geht es dir gut?«

»Viola …« Ihre Stimme lallte vor Müdigkeit. »Mein Gott. Jetzt muss ich ein Mal nicht turnen, und dann rufst du an.« Sie brummte. Im Hintergrund knisterte Stoff. »Dabei habe ich gar nicht gut geschlafen, und das trotz der Kugel. Hast du dafür Worte? Ich bin aufgewacht, da war es noch dunkel.«

»Das tut mir leid.« Viola fühlte, wie die Anspannung ihren Körper verließ.

»Du, Linchen.« Ihre Mutter schmatzte mit trockenem Mund. »Wenn ich hier mal endlich rauskomme, mache ich einen Computerkurs.«

»Aha?«

»Immer bin ich außen vor. Dabei will ich auch mal ins Internet.«

»Ach, und was willst du da?« Viola lächelte.

»Ja … vieles!«

Als sie ihren Koffer nach unten trug, war sie in Gedanken bei Max. Sie suchte nach einer Lösung, um ihn für seine einsamen Überstunden zu entschädigen. Falls der Schwarze Anzug sich davon nicht beirren ließ, könnte sie Max am Nachmittag nach Hause entlassen. Am besten mit einem Geburtstagsgeschenk für seinen Freund. Die Hasen auf ihrem Schreibtisch kamen ihr in den Sinn. Sie spürte überrascht, dass sie sich freute.

Als sie den ersten Stock passierte, klingelte das Telefon. Durch die Flurtür hörte sie, wie die Hausschuhe ihres Vaters über die Fliesen schliffen.

»Hallooo? – Wie bitte, noch mal?«

Sie lief die Wendeltreppe hinunter und stellte den Koffer neben der Haustür ab. Ein Spruch ihres Vaters fiel ihr ein, den er oft und gern wiederholte:

›Arbeiten hilft. Da geht immer was voran, egal, wie mies dein Leben sonst spielt.‹ Nach einer Besinnungspause fügte er in der Regel hinzu: ›… auch wenn ich ja nicht so recht durchblicke, was du eigentlich überhaupt machst.‹

Viola sah auf ihre Armbanduhr. »Wir müssen los!«, rief sie nach oben.

Als sie wieder im ersten Stock ankam, stand ihr Vater auf dem Treppenabsatz. Er war bleich. In der rechten Hand hielt er den Telefonhörer. Ein Hosenträger war ihm von der Schulter gerutscht.

Viola blieb stehen. Stand da. Nichts fiel ihr ein.

»Aber ich habe eben noch mit ihr gesprochen«, flüsterte sie.

—

Dieses Mal fuhren sie mit dem Aufzug in den fünften Stock des Krankenhauses. »IS2« stand neben dem Knopf im Lift. Sie gingen einen Flur hinunter, in dem kein Mensch zu sehen war. An der Decke verlief eine Schiene, auf der durchsichtige Plastikbehälter entlangfuhren. Sie holperten aus einem Loch am Ende der Wand, durchquerten summend den Flur und verschwanden in einer Öffnung über einer weißen Tür. Daneben entdeckten sie eine Sprechanlage mit Klingel.

IS2, las Viola. Sie drückte den Schalter. Ein Lämpchen leuchtete auf. Der Türlautsprecher knackte.

»Bitte?«

Sie nannte ihren Namen.

»Moment.«

Eine weitere Plastikbox rumpelte aus der Tunnelöffnung über ihren Köpfen und glitt auf den Schienen davon. Viola glaubte, in Tüten verpackte Medikamente zu erkennen.

»Das ist ferngesteuert«, raunte ihr Vater. »Die fahren da Medizin herum.« Er räusperte sich. »Das kommt sicher der Mama zugute.«

Die Tür ging auf. Vor ihnen stand die junge Ärztin. Es war dieselbe Frau, die sie vor zwei Wochen am Krankenbett ihrer Mutter gesprochen hatte. Fast, stellte Viola fest. Dieses Mal war ihr Kittel blau, und er war verschlossen. Sie trug eine Haube auf dem Kopf und einen Mundschutz, den sie unter das Kinn gezogen hatte. Sie sprach eindringlich, ohne sich unterbrechen zu lassen.

Violas Mutter war in der Kantine der Reha-Klinik zusammengebrochen. Der Notarzt sei, so die Ärztin, sofort zur Stelle gewesen und habe alles Nötige unternommen.

»Nachdem Herzschlag und Sauerstoffversorgung sichergestellt waren, wurde sie hierhergebracht. Sie war schon im CT, es konnte keine Blutung festgestellt werden. Wie vor zwei Wochen. Das Gehirn ist ohne Befund – abgesehen von diesen Narben, für die wir keine Erklärung haben.«

Viola sah ihre Mutter zwischen den Plastiktischen liegen, an denen sie Mühle gespielt hatten. Sie wandte den Kopf ab. Ich will das nicht, dachte sie.

»Mit dem entscheidenden Unterschied, dass Ihre Mutter nun bewusstlos ist.«

Als sie die Ärztin wieder ansah, war die dabei, sich die Haube vom Kopf zu ziehen. Ihre Haare waren fettig. An ihrer linken Hand glänzte ein Ehering.

Viola versuchte, eine Frage zu finden. Kein Wort stellte sich zur Verfügung.

»Das muss kein schlechtes Zeichen sein.« Die Ärztin holte Luft. »Falls es sich um einen Anfall handelt, vielleicht im Zusammenspiel mit einer leichten, nicht mehr feststellbaren Blutung, erholt sie sich so möglicherweise am besten. Das Koma kann eine Schutzfunktion des Körpers sein.«

»Koma?!«, rief Violas Vater. Er hatte sich weit nach vorn gebeugt, als wolle er an den Lippen der Ärztin riechen.

»Wann … Kann man sagen, wie lang das dauert?«, presste Viola hervor.

Die Ärztin trat einen Schritt zurück. »Im Moment ist ihr Kreislauf stabil, das ist für uns das Entscheidende. Wenn das so bleibt, kann man davon ausgehen, dass sie aufwacht, wenn ihr Körper, ihr Gehirn … wenn sie dazu bereit ist. Länger als eine, maximal zwei Wochen sollte dieser Zustand nicht andauern.«

Sie sprach von Komastufen, von wechselnden Graden der Bewusstlosigkeit. Von neurologischen Tests, dem Sauerstoffgehalt im Blut und von Medikamentengaben.

»Was meinen Sie mit *sollte nicht andauern?*«, unterbrach Viola.

»Es wäre besser, wenn nicht.« Die Ärztin sah an Viola vorbei. »Aber man kann jetzt nur abwarten.« Sie drehte sich um und ging voraus in einen weiß gefliesten Flur. »Sie bekommen etwas zum Anziehen, dann können Sie rein.«

Ihr Vater schwankte. Er griff nach Violas Arm. »Was, was, was?« Er klang gereizt. »Was heißt das jetzt?«

»Komm, Papa.« Sie nahm seine Hand. »Ich weiß es nicht.«

Der Raum war schmal und in zwei Bereiche unterteilt. Beim Eintreten fiel der Blick auf kleine Fenster. Durch die getönten Scheiben sah der Himmel aus, als würde es bereits dämmern. Rechts verbarg eine Stellwand ein Metallbett vor ihren Blicken. Im Vorbeigehen sah Viola ein Bein in einem Venenstrumpf, das unter einem Laken hervorlugte. Auf der linken Seite, ebenfalls hinter einer Trennwand, stand ein weiteres Bett. Die Ärztin blieb am Fußende stehen und ließ sie passieren.

Sie lag reglos auf dem Rücken, den Oberkörper durch die

hochgestellte Lehne leicht angekippt. Aus ihrem rechten Mundwinkel kam ein fingerdicker Schlauch. In einem Nasenloch lag eine Sonde. Ruckartig hob und senkte sich ihre Brust.

»Sie wird beatmet?«

»Nein. Dann wäre der Atemfluss ruhiger. Sie atmet selbst, von der Maschine wird sie nur unterstützt.« Die Ärztin sprach mit gedämpfter Stimme. »Das ist ein gutes Zeichen.«

Das Erschrecken kam langsam. Es breitete sich allmählich aus, als seien ihre Gefühle im Begriff zu erfrieren. Sie liegt direkt vor uns. Violas Herz raste in Zeitlupentempo. Und sie ist unerreichbar weit weg.

»Ach du meine Güte«, sagte ihr Vater leise. Er stand direkt hinter ihr. Viola konnte hören, wie er durch den offenen Mund ein- und ausatmete.

Unter dem Leintuch, das ihre Mutter bedeckte, krochen Kabel hervor. Über ihrem Kopf hingen Kästen, auf denen Rädchen und Zahlen leuchteten. Wellen in Grün und Rot pulsierten über einen Monitor. Neben dem Bett stand ein Computer. Auf dem Bildschirmschoner kreisten Sterne.

Viola trat einen Schritt vor und stieß mit der Spitze ihres Stiefels an den Fuß eines Infusionsständers.

»Ist ihr nicht kalt?«

Sie hob das Leintuch an und entdeckte Finger. Sie waren angeschwollen. Im Handrücken steckte, mit weißem Band verklebt, eine Infusionsnadel. Als sie die Hand ihrer Mutter umschloss und die Wärme spürte, die von ihr ausging, hatte sie für einen Augenblick den Eindruck, weinen zu können.

Viola drehte den Kopf nach der Ärztin um. Sie war verschwunden.

Ihr Vater knetete seine Hände vor der Brust, die Arme an den Körper gepresst. Der Kittel aus grüner Gaze, den man ihnen ausgehändigt hatte, war ihm an den Armen zu kurz. Viola sah seine Hosenträger und das karierte Hemd unter dem transparenten Stoff. Er guckte sie an, als erhoffte er sich eine Erklärung.

Wieso, dachte sie, gibt es so viele Arten, auf die es wehtun kann?

Sie kamen in Bewegung, um sich weniger hilflos zu fühlen. Zu zweit rüttelten sie an einem Fenstergriff, um frische Luft hereinzulassen. Ein junger Pfleger, ganz in Blau, mit Plastikschuhen und Seitenscheitel, machte sie darauf aufmerksam, dass das verboten war. Viola beobachtete seine routinierten Gesten, sah sein Lächeln und fand, dass er aussah, als käme er morgens auf dem Skateboard zur Arbeit. Sie konnte nicht begreifen, dass dieser Mensch mit nur einem Blick nun mehr über ihre Mutter wusste als Viola und ihr Vater zusammen.

Als sie entdeckten, dass sie unter ihrem Leintuch nichts als eine Windel trug, fragten sie nach einem zweiten Laken. Umständlich zog Viola den Stoff zurecht. Ihr Vater tat dasselbe mit dem anderen Ende des Betttuchs. Dann fand er zwei Plastikstühle im Korridor, die sie ins Zimmer trugen. Sie blieben sitzen, zu beiden Seiten des Betts, bis das Licht vor den Fenstern verschwand. Violas Hand lag auf der Matratze, neben den geschwollenen Fingern. Vorsichtig strich sie über die Haut.

Früher, nach jedem Mittagessen, hatte ihre Mutter sich in das Ewige Schlafzimmer zurückgezogen, um, wie sie sagte, *für einen Moment auszuruhen*. Wenn Viola, ein Schulheft in der Hand, eine Frage auf den Lippen, die Tür geöffnet hatte, hielt sie inne, stets aufs Neue überrascht. Auf dem Bett lag ihre Mutter, die Augen geschlossen, und rührte sich nicht. Ihr Körper glich einer Hülle, die verlassen worden war. Zog Viola schließlich den Kopf aus dem Türspalt zurück, schlug ihre Mutter die Augen auf und erklärte: ›Ich sehe aus, als ob ich schliefe. Aber dem ist nicht so.‹

Die geschlossenen Lider. Ihre Haut, die über den Gesichtsknochen lag wie eine Decke. Viola lehnte sich über den Metallrahmen des Betts. Gleich wacht sie auf. Die Erwartung baute sich auf. Sie zerrte an Viola, erreichte einen Höhepunkt, der schmerzte, gab schließlich nach, verblasste, ließ sie erschöpft zurück. Dann kam sie wieder. Bis Violas Augen abschweiften. Sie betrachtete die glatte Stirn. Die feinen, gekräuselten Haare. Die Wellen, die über den Monitor zuckten. Die leuchtenden Zahlen der Perfusoren. Sie betrachtete die Kabel und Schläuche. Die Flüssigkeit, die aus dem Infusionsbeutel tropfte. Ihren Vater, der zur Seite gesackt in seinem Stuhl saß und schlief. Sie betrachtete das weiße Laken. Das Weiß des Lakens. Das Weiße. Nichts.

Der Skateboardpfleger kam zurück. Zielstrebig ging er durch das Zimmer zum Bett, ergriff die Füße von Violas Mutter, befühlte sie, bewegte sie vor und zurück. Er warf einen Blick auf den Monitor. Dann wandte er sich Viola zu.

Sie hob den Kopf. Der Lichtbalken, der oberhalb des Betts schimmerte, tat ihr in den Augen weh.

»Ich weiß.« Sie schälte die Worte aus dem Mund. »Wir gehen nach Hause.«

—

Ihr Vater schloss das Garagentor, die Haus- und die Wohnungstür. Er schloss die Rollläden im Esszimmer und in der Küche und den Kühlschrank, der offen geblieben war. Er schloss die elektrische Jalousie im Wohnzimmer, schaltete den Fernseher ein. Fiel in einen Sessel. Schloss die Augen.

Als sie die Treppe hinunterging, um ihren Koffer zu holen, der noch immer im Flur neben der Haustür stand, fiel ihr der Schwarze Anzug ein. Sie hatte keine Kraft mehr, nervös zu werden.

Im Büro ihres Vaters zeigte das Telefon die Nummer ihres Chefs an zweiter Stelle der Anrufliste. Viola drückte auf Wahlwiederholung und erreichte die Mailbox. Sie hörte seinen Namen und den Pfeifton und suchte nach Worten, die zu sagen sie hasste. Worte, die noch nie nötig geworden waren. Viola holte Luft. Ich habe es nicht geschafft, dachte sie. Es tut mir leid. Sie schwieg.

Im Büro war es dunkel. Durch das Fenster konnte sie jenseits der Gartenhecke die Friedhofslichter sehen, die auf den Gräbern zitterten. Aus der Wohnung drang die Stimme eines Nachrichtensprechers herauf. Sie legte auf.

Auf Zehenspitzen durchquerte sie das Wohnzimmer und zog ihrem Vater die Fernbedienung aus der Hand. Als sie den Apparat ausschaltete, öffnete er die Augen.

»Wohin gehst du?«

»Schlafen, Papa.«

»Wann fährst du los? Die erwarten dich doch sicher.«

Sie ging zur Tür.

»Bring dich morgen zum Bahnhof.« Er zog sich aus dem Sitz hoch. »Viola?«

Sie drehte sich um.

Er stand im Zimmer, zwischen Sessel und Fußbank. Auf Brusthöhe hielt er sich an seinen Hosenträgern fest. »Ich alter Knochen werd' doch nicht deine Mutter überleben? Das wäre nicht richtig.«

Um ins Dachzimmer zu gelangen, musste Viola über zwei Putzeimer steigen. Auf dem Boden der Gefäße stand Wasser. Sie öffnete ihren Koffer, nahm eine Stoffhose heraus und das himbeerfarbene Hemd. Dann ging sie zurück in den ersten Stock, öffnete die Tür so leise wie möglich. Sie schlich durch den Flur, vorbei an ihrem Kinderzimmer, in dem Licht brannte.

Im Schlafzimmer ihrer Mutter war es kühl. Sie setzte sich auf den Rand des Betts. Erst eine Hand, dann die andere, dann den restlichen Körper. Lautlos wie früher. Es dauerte einen Moment, bis ihre Augen sich an die Dunkelheit gewöhnt hatten. Dann konnte sie die Kleider ausmachen, die dem Bett gegenüber an der Schrankwand hingen. Ganz links zwei Blusen. Daneben als dunkler Fleck ein Rock. In der Mitte ein Bügel mit Schals. Rechts ein Jackett. Ganz außen hing der Morgenmantel, himmelblau, mit quadratischen Knöpfen.

Viola stellte einen Fuß auf den anderen und spürte, dass er eiskalt war. Ohne den Blick abzuwenden, zog sie die Bettdecke an sich, schob ihre Beine darunter und streckte sich auf der Matratze aus. Sie tastete nach einem Kissen, legte den Kopf ab.

Sie ließ keinen Gedanken zu. Im Dunkeln sah sie auf die Kleider an der Schrankwand, bis ihr die Augen zufielen.

—

Ihr Vater parkte hinter der Bahnhofshalle neben einer Bushaltestelle. Er stellte den Motor ab und lehnte sich zurück in den Sitz.

Das Rührei und den Obstsalat, die sie vor ihrer Abfahrt für ihn vorbereitet hatte, hatte er sich mit hektischen Gesten in den Mund geschaufelt. Alle paar Minuten konsultierte er seine Armbanduhr. ›Wir müssen doch gleich los, oder nicht?‹, wiederholte er jedes Mal, wenn Viola ihn aufforderte, in Ruhe zu essen.

Und jetzt sind wir zu früh dran. Sie legte die Schläfe an die Kopfstütze und sah aus dem Fenster.

Der Gehweg war von einer Schicht Schnee überzogen. Reisende stiegen aus Taxis und hoben Gepäckstücke aus Kofferräumen. Eine Großfamilie mit Rucksäcken kreuzte vor ihrem Auto. Sie gingen Richtung Bahngleis und sprachen durcheinander, eines der jüngeren Kinder weinte. Vor dem Bushäuschen stand eine Gruppe Jungs mit Baseballkappen und Anoraks. Auf einem laut gestellten Handy lief Musik. Sie lachten und schubsten einander. Vor ihren Gesichtern war der Atem zu sehen.

»Alter, wie groß ist dein Hund?«, fuhr ein Junge einen anderen an. Eine kurze Stille entstand. Dann riefen alle durcheinander.

Violas Vater räusperte sich. Er sah geradeaus, drehte mechanisch den Autoschlüssel in seinen Händen.

»Ich habe Diskussionen mit deiner Mutter gehabt. Als du ganz klein warst.«

Viola sah ihn an. Sie zog die Augenbrauen zusammen.

»Wegen dem Baden.« Seine Stimme klang dumpf zwischen den Wänden des Wagens. »Du solltest gebadet werden, zwei Mal die Woche. Und deine Mutter hat Angst gehabt, dass dir dabei etwas passiert. Weil du so winzig warst. ›Ich kann das nicht‹, jammerte sie, ›nein, das Kindchen.‹ Da hab ich gesagt, ›Komm, dann mach ich das.‹ Ich hatte ja gesehen, wie das geht, als Junge, wenn meine Mutter damals Margarete gebadet hat. Und dann habe ich das eben genauso gemacht.«

Er hob die Hand. Mit dem Autoschlüssel beschrieb er eine Bewegung.

»Ich habe dich in den Arm genommen und ins Wasser getaucht. In das genau siebenunddreißig Grad warme Wasser. Und hab deinen Bauch mit Seife bedient.« Er warf ihr einen Blick zu. Dann schaute er wieder über das Lenkrad nach draußen. Seine Baskenmütze saß schief. Auf seinen Schläfen sah Viola Sprenkel hellbrauner Altersflecken. Im Winter, wenn er weniger Farbe hatte, traten sie stärker hervor.

»Ich will nicht behaupten, dass du große Fröhlichkeit entwickelt hast«, sagte er. »Aber du schienst ganz zufrieden. Und alles ging gut.«

Sie lächelte die Flecken auf seinen Schläfen an.

Durch die Türritzen zog Kälte in den Wagen.

»Tut mir weh, dass du gehst«, sagte er Richtung Windschutzscheibe.

# Wege und Minen

Worte. Viola hörte ihren Atem flattern. Hatten um sich gegriffen. Den Raum gestürmt, ihn zunichtegemacht. Sie zog die Tür zu, drehte den Schlüssel, sah zitternde Hände. Das Rattern des Kopierers wurde leiser. Am Waschbecken ließ sie Wasser laufen, über Unterarme, Nacken, Gesicht. Im Spiegel: nasse Flecken an den Achseln ihrer Bluse. Sie schloss den Toilettendeckel, hielt sich beim Hinsetzen fest.

Der Schwarze Anzug. Hatte keine Entschuldigung gewollt und keine Erklärung. ›Wir fahren jetzt.‹ Er hustete. Das ist nicht gut, dachte sie, das Telefon ans Ohr gedrückt. Durch die Glastür sah sie Max. Den Kopf gesenkt saß er an seinem Schreibtisch. Als sie ins Büro gekommen war, ihren Koffer im Schlepptau, hatte sie vor seinem Platz Halt gemacht. Nichts zu sagen gewusst.

›Die Handouts.‹ Seine Stimme stach durch den Hörer. Während sie zu einer Antwort ansetzte, legte er auf.

›Mich interessiert ein optimales Meeting‹, setzte er im Taxi nach. *Und sonst nichts, Frau Schelling,* fügte Viola im Geiste hinzu. Sie versuchte, sein versteinertes Profil zu lesen. Der Spätsommerabend im vergangenen Jahr fiel ihr ein. Sie hatte ihren Vertrag unterzeichnet, anschließend waren sie essen gegangen. Eine Terrasse mit Flussblick, der Schwarze Anzug, Viola, ein paar Erwählte aus dem Ressort Produktion und Vertrieb. Und Max. Am Tischrand gegenüber, Ehrfurcht im Blick. Aufbruchsstimmung, dachte Viola. Damals stand etwas bevor. Das Vertrauen, das man mir entgegenbrachte, hat sich gut angefühlt. Wie ein Schutzanzug. Warm, kugelsicher.

›Wir halten exakte Daten jetzt offen und skizzieren den darstellbaren Verlauf‹, sagte der Schwarze Anzug.

Viola nickte. Mit beiden Händen umfasste sie den Ordner auf ihren Knien. Max hatte ihn vor ihrer Abfahrt auf die Schreibtischinsel fallen lassen, ohne sie anzusehen.

›Ich habe mit Ihrem Assistenten gestern alle Modelle gesichtet.‹ Er zog ein Etui aus seiner Jackett-Tasche, öffnete es und nahm eine Zigarette heraus. ›Er ist einwandfrei mit der Materie vertraut und kommt eine Weile allein zurecht.‹

Viola öffnete den Mund.

›Sie möchte ich bitten, ein paar Wochen Urlaub zu nehmen.‹ Beim Rauchen stülpten sich seine Lippen nach innen und pressten den Zigarettenfilter zusammen. ›Wenn …‹

›Das geht doch nicht‹, platzte Viola heraus. ›Sie können … Ich bin noch in der Probezeit.‹ Nein, dachte sie, das habe ich nicht sagen wollen. Ich möchte hier sein, das wollte ich sagen, bei meiner Schreibtischinsel, arbeiten möchte ich. Arbeiten hilft. Da geht immer etwas voran, egal, wie mies dein Leben …

›Stimmt.‹ Er lachte. ›Dann lassen Sie sich krankschreiben, meinetwegen. Wenn Sie Ihre Privatangelegenheiten geregelt haben, sprechen wir weiter.‹

Er kurbelte die Fensterscheibe herunter. Kälte fuhr in den Wagen. Der Taxifahrer sah nach vorn. Viola konnte von seinem Hinterkopf ablesen, was er dachte.

›Ich brauche Sie hier einsatzfähig‹, resümierte der Schwarze Anzug.

Ihr Kostüm hielt der Zugluft nicht stand. Ihre Schultern begannen zu zittern, die Oberarme, die Lippen.

›Ich‹, sagte sie, ohne zu wissen, wie sie fortfahren sollte. Wollte alles richtig machen? Wollte nicht auf Ihr *Hervorragend* verzichten?

›Sie hätten Bescheid geben müssen. Mit der Wahrheit hätten Sie uns diesen Ärger erspart.‹

Violas Blick sprang über das Muster der Bodenfliesen. Vor ihren Stiefelspitzen lag ein Stück Klopapier. Sie öffnete und schloss die Hände, versuchte, ihren Atem zu kontrollieren.

An die Vorstandssitzung, die der gemeinsamen Taxifahrt gefolgt war, konnte sie sich kaum erinnern. Sie hatte den Mund aufgetan und Worte aneinandergereiht, wenn man sie ansah. Die Stimmung war offenbar gut gewesen, sie hatte selbst hin und wieder gelacht, wenn sie den Eindruck hatte, dass Lachen angezeigt war. Zusammen mit den anderen Menschen im Raum hatte sie auf Zahlenreihen geblickt, die auf eine Wand projiziert wurden. Der Schwarze Anzug hatte viel geredet. Er hatte Schultern geklopft und schließlich die Hand zum Gruß gehoben. Vor den Pforten der Zentrale hatte er sich mit einem Kopfnicken von ihr verabschiedet. ›Viel Erfolg.‹ Dann war er verschwunden.

Auf der Rückfahrt ins Büro hatte sie sich gefragt, was *viel Erfolg* in ihrer Situation bedeuten konnte. Mit leerem Kopf war sie aus dem Taxi gestiegen. Der Fahrer hatte sein Fenster heruntergekurbelt und ihr hinterhergerufen, sie solle freundlicherweise noch zahlen.

Als sie im dritten Stock den Aufzug verließ und mit steifen Armen und steifen Beinen den Flur hinunterging, sah sie Max am Computer sitzen. Vor seinem Schreibtisch blieb sie stehen und stellte fest, dass er ohne Fröhlichkeit merkwürdig aussah. Seine Augen traten hervor, die Mundwinkel hingen herab.

›Keiner angerufen‹, sagte er zu seiner Computertastatur. Von oben besehen wirkte sein Haar ungewaschen und grau.

Ihre Hände griffen nacheinander. Viola fiel auf, dass sie leer waren. Wo hatte sie ihre Sachen gelassen? Das Laptop. Den Ordner, der die Zukunft der Hasen enthielt. Ihre Handtasche. Den Schlüssel ihrer Wohnungstür. Das Leben dahinter.

Der Kopierer ratterte. Auf ihrem Schreibtisch klingelte das Telefon. Max sah nicht auf. Lässt mich stehen, dachte sie, als sei ich ein Kind, das Strafarbeiten abzuholen hat. Sie fing so plötzlich zu schreien an, dass sie selbst erschrak.

Er zuckte zusammen. Sein Kopf schnellte hoch. Während sie schrie, sah sie seinen Kehlkopf, der sich beim Schlucken bewegte. Sie schrie, sah seine reglosen Schultern. Seine Stirn, die sich weitete. Der Zorn zerrte sie mit sich. Bis die Lust an der Wut gewann.

›... dass du mir in den Rücken fällst.‹ Sie holte aus. ›Du hast keine Ahnung, mit deinen kleinen‹, sie beugte sich vor, schlug auf Plastik, auf Metall, ›Scheißsorgen hier.‹ Papierfetzen stoben über den Estrich.

›Viola ...‹

Sein Gesicht war weiß. Es lag bloß, ließ sich mit Worten zertreten. So kennt er mich nicht, fuhr es ihr durch den Kopf. Mit geballten Fäusten, Hass in den Augen. Sie verstummte. In Max' Blick sah sie, was er sah. Eine Fratze ihrer eigenen Mutter. Rot gefleckt, entstellt. Sie stierte Max an.

Durch die Toilettentür hörte sie, wie der Kopierer Papier auswarf. Das nüchterne Klacken holte sie zurück. In diese widerliche Geschäftigkeit, dachte sie, die jeden Augenblick für sich beansprucht.

Klopfen an der Tür.

Sie hob den Kopf.

»Viola?«

Legte ihre Hand an die Stirn und hatte den Eindruck, von außen eine Wand zu berühren.

»Das wollte ich nicht.« Max klang verzagt. »Ich hätte … Es tut mir leid.«

Viola schluckte. Sie lehnte sich zurück, löste mit dem Rücken die Klospülung aus.

»Alles okay?«

»Lass, Max!«, rief sie. Ihr Hals brannte.

Draußen klingelte ein Telefon. Das Klingeln brach ab, setzte erneut ein. Max' Stimme meldete sich, sprach entfernt, unverständlich.

Viola zog die Beine an. Sie legte die Stirn auf die Knie und schloss die Augen. Sie dachte nicht. Fühlte nicht. Hatte keinen Wunsch mehr und keine Pflichten. Sie gehörte nicht mehr dazu. Sie war verschwunden.

—

Kurz vor Mitternacht schloss sie die Wohnungstür auf. Sie ließ ihren Koffer im Wohnzimmer stehen, zog sich aus und stellte sich unter die Dusche. Dann stand sie im Bademantel am Fenster. Eine dunkelblaue Blase war der Himmel. Die Antennen auf den Dächern der Nachkriegsbauten erinnerten sie an Schiffsmasten. In den Fenstern hingen die Gardinen auf Halbmast. Nirgendwo brannte Licht.

»Viola!« Seine Stimme klang panisch. »Ich hab jetzt die neuen Ohrgeräte.« Ein Scheuern drang durch die Leitung.

Viola ertastete den Wecker auf ihrem Nachttisch. Sie kniff die Augen zusammen. Es war zwanzig Minuten vor sieben.

»Aha.« Ihr Kopf dröhnte, die Augen schmerzten.

»Ganz schlimm. Alles schallt und donnert von ferne. Und Musik! Kann ich gar nicht mehr hören. Das leiert nur noch.« Er gab jaulende Töne von sich.

»Sind das Geigen?«

»Nein! Ach, was.« Er knurrte. »Wenn ich mit Ledersohlen auf den Fliesen in der Küche laufe, hallt das. Wie Hammerschläge zwischen Hochhäusern. Und wenn ich den Wandschrank im Wohnzimmer öffne, weißt du, den mit dem Magnetschließer, dann klingt das wie ein Pistolenschuss. Beim Essen höre ich nur noch mich selbst. So ein Krach. Vor allem die Äpfel.«

»Tut mir leid, Papa.«

»Furchtbar.«

Sie schwiegen. Violas Wecker begann zu klingeln.

»Papa, du rufst auf dem Handy an. Ich …«

»Das nächste Haus baue ich ohne Einbauschränke. Und ohne Türen. Deine Mutter hat sowieso nie eine zugemacht. Das lernt die auch nicht mehr. Wenn … Wie bitte, was sagst du?«

»Ich muss aufstehen.«

»Noch mal?«

»Nichts! Ich wache gerade erst auf.«

»Hm. Verstehe nicht. Ich war gestern noch bei ihr. Deine Mutter schläft. Jedenfalls sieht sie so aus. Man sitzt da rum und kann nichts machen. Die Ärztin hat gesagt, ihr Zustand sei *stabil*.«

Viola atmete ein.

»Und du?«, fragte er. »Läuft der Laden?«

Sie atmete aus.

»Hast du die Visitenkarte gekriegt?«

»Die – was?«

»Ich dachte, ich tu' sie gleich in die Post. Der Mann mit dem Kraushaar hat sie mir gegeben für dich. Aber sag bloß, habe ich jetzt die richtige Adresse draufgeschrieben? Mensch, Junge, da fragst du mich was.«

»Wer hat dir seine Karte gegeben?«

»Was?«

»Wer, Papa. Wer?«

»Wer? Na. Der junge Herr mit der Sängerin im Rollstuhl. Als ich gestern in der Kurklinik war, um Mamas Sachen zu holen, hat der seine Mutter da im Flur rumgeschoben. Also, diese Frau hat vielleicht eine Lache … Er hat mich gefragt, wie es meiner Enkelin geht. Ich habe ihm gesagt, dass du meine Tochter bist. Und dass du nicht so oft hier sein kannst. Da hat er mir seine Visitenkarte überreicht. Mit schönen Grüßen.«

»Machst du mir Vorwürfe?«

»Sonst hat er nichts gesagt, nein.«

Viola drehte sich auf den Rücken. Sie zog ihre Bettdecke hoch. »Ich muss auflegen, Papa.«

»Vielleicht will er sich mit dir geschäftlich austauschen.«

»Bestimmt.«

»Du rätst nie, was der beruflich macht.«

»Ich mach Schluss, ja?«

»Wie?«

»Tschüss, Papa. Tschüss!«

»Wer?«, fragte er enttäuscht. »Ich?«

Nachdem sie aufgelegt hatte, blieb sie liegen. Durch das Schlafzimmerfenster sah sie ein Stück Klinkerwand und einen Fleck Himmel, der über Stunden dieselbe Farbe behielt. Die Angst legte sich auf ihren Brustkorb. Sie schob sich Richtung Magen und zog die Kraft aus ihrem Körper. Viola begann zu frieren.

Im Küchenschrank fand sie Zwieback und Honig, im Kühlschrank eine Flasche Sprudel. Sie aß im Stehen. Als sie den Blick auf das glänzende Chrom der Küchenzeile nicht mehr ertrug, schaute sie wieder aus dem Fenster. Hinter dem Mäuerchen, das den Hinterhof vom Nachbargrundstück trennte, schlossen sich Werkstätten und Garagen an. Vor einem Wellblechtor standen Müllsäcke. Ein Wäscheständer lag in einer Pfütze. Ein paar Gehminuten entfernt saßen Max und der Schwarze Anzug zusammen mit den Stofftierfamilien an ihren Schreibtischen. Sie wussten, was sie zu tun hatten. Viola wischte Brotkrümel vom Fensterbrett.

Der Koffer steht noch gepackt. Wie praktisch. Sie sah ihren Vater vor sich, in grüne Gaze gehüllt am Krankenbett. Sie sah das Maskengesicht ihrer Mutter. Die Ärztin, die Werte auf ihrem Klemmbrett mit denen an den Maschinen verglich. Sie sah sich selbst, Fragen zu Symptomen stellend, die keiner beantworten konnte.

Wenn sie aufwacht, wird alles sein wie immer. Viola griff nach der Wasserflasche. Wenn sie stirbt, wird es für immer wie immer gewesen sein. Sie schloss die Augen und trank. Nicht denken. Überall Minen im Kopf.

—

Neben der Glastür zum Großraumwagen fand sie einen Stehplatz im Gang. Sie lehnte an einem Werbeplakat, ihren Koffer neben den Füßen platziert. Hin und wieder trat sie von rechts nach links, um den Zugang zu den Müllboxen freizugeben, die auf Höhe ihrer Waden in die Wand eingefasst waren.

Daunenjacken, Fellmäntel, Wollschals schoben sich an ihr vorbei. Eine Mutter hielt ihren Sohn an der Kapuze seines Anoraks fest. Auf den Stufen zur Ausgangstür hatte ein Junge mit Stirnband Platz genommen. Zwischen den Beinen der Reisenden konnte Viola sehen, wie er in sein Handy tippte. Zwei Mädchen in Fleecewesten bahnten sich einen Weg Richtung Speisewagen. Eines drehte sich zu dem anderen um und zog eine Grimasse. Sie sagte etwas in einer Sprache, die Viola nicht verstand. Ihr Pferdeschwanz roch nach Parfum.

Mit angezogenen Armen kämpfte sie sich aus ihrem Mantel. Die Rollen eines Koffers holperten über ihre Stiefelspitzen. Schweiß lief zwischen ihren Schulterblättern herunter. Ein Strickpullover zwängte sich in die Lücke neben sie. Viola unterdrückte das Bedürfnis, ihre Schläfe an die wollene Schulter zu lehnen. Sie schloss die Augen.

Yannicks Arm, in dem sie sich verkrochen hatte. Zwei Stunden Flug. Hundert Kilometer Regionalzug. Für einen Nachmittag, mehr Zeit hatten sie nicht. ›Immerhin‹, hatte er am Telefon gesagt. ›Eine, zwei, drei, vier. Vier Stunden!‹

Es blieb nicht dabei. Gleisschaden, Stillstand auf halber Strecke. Hitze kroch in das Zugabteil, in dem Viola feststeckte. Sie versuchte, die Leere im Kopf zu erzeugen, die das Warten erträglicher macht. Jeder Atemzug ging von ihrer gemeinsamen Zeit ab. Sie atmete langsamer. Ein Mann mit Schildmütze verteilte Limonade aus einer Kühlbox. Später Bananen und feuchte Baguettes. Zugluft fuhr durch die offenen Fenster. Die Glut des Tages zog sich zurück. Es dämmerte, als der Zug im Bahnhof einrollte. Menschen in

Shorts und Strandkleidern standen am Gleis. Sie trugen Luftmatratzen und kleine Kinder und winkten. Ein Käppiträger rempelte an ihre Schulter. Er trug eine Sonnenblume, die sich wippend entfernte. Viola stolperte über einen Hund. Dann entdeckte sie Yannicks leuchtendes Hemd. Ihr Kopf verschwand an seiner Schulter. Seine Hände strichen über ihren Rücken.

›Zieh schnell den Anzug aus, große Frau. Hast du nicht warm?‹ Er nahm ihr Gesicht in seine Hände. ›Sieh mal. Sogar deine Augen schwitzen.‹

—

Schneeflocken fielen auf ihren Koffer und schmolzen. Sie zog ihn hinter sich her, am Gleis entlang, in eine Bahnhofshalle, die sie nicht kannte. Neben einem China-Fastfood sah sie den Eingang zu einer Kneipe. Sie ging durch die Schwingtür. Dunkles Holz, ein Tresen, leere Tische. Es roch nach abgestandenem Rauch und nach Bratfett. Sie setzte sich.

Im Innenfach ihrer Handtasche steckten ein Fläschchen mit Kreislauftropfen und zwei Umschläge, die sie mittags vor ihrer Abreise aus dem Kasten geholt hatte. Der erste Brief war ein Informationsschreiben ihrer Krankenkasse.

Auf dem zweiten erkannte sie die Schrift ihres Vaters. Im Innern steckte ein Schmierzettel. *Bestiuuut eiu lohueuder Austausch,* las Viola. Sie drehte das Blatt um. Auf der Rückseite klebte unter zwei Streifen Tesafilm die Visitenkarte des Lockenmanns.

Es klingelte ein Mal, dann war er am Telefon. Viola hörte seine heisere Stimme. Sie spürte, wie ihr Herz losrannte.

»Wo bist du jetzt?«, fragte er. »Bis wann hast du Zeit?«

»Genau genommen weiß ich das nicht«, sagte sie.

Nachdem sie aufgelegt hatte, wechselte sie den Tisch und setzte sich ans Fenster. Sie sah dem Treiben eines Dönerladens jenseits der Straße zu. Sie malte Strichmännchen auf eine Papierserviette. Sie trank Kräutertee. Nach der zweiten Tasse stand er mit einem Blumenstrauß vor ihrem Tisch.

»Schön.« Er grinste. Viola erkannte die Uhrenkette wieder, die aus der Hosentasche seines Anzugs hing. »Tolle Brille hast du. Gefiel mir letztes Mal schon.« Er setzte sich und bestellte ein Bier.

Er wollte alles wissen. Stellte Frage um Frage, als sei das selbstverständlich. Und das ist es, dachte Viola verwundert. Sie erzählte von Städten, in denen sie gelebt, und von Projekten, an denen sie gearbeitet hatte. Sie sprach von Geschäftsreisen und ihrer Studienzeit in London. Sie schob Vorhänge beiseite, ließ Licht herein und wischte Staub von den Eckdaten ihrer Existenz. Der Lockenmann hakte nach. Kommentierte. Brachte sie zum Lachen und vertrieb ihre Zweifel. Er macht aus dem, was ist, etwas anderes, dachte sie. Und das macht er gut.

»Halt.« Er hob die Hand. »Das hast du eben schon gesagt.«

»Wieso fragst du auch alles zwei Mal?« Ihre Wangen glühten.

»Verstehen ist Wiedererkennen.«

Sie erwiderte sein Lächeln. Legte ihre Hände in seine Nähe. Ihre Insel war jetzt dieser speckige Holztisch.

Hinter dem Tresen blätterte der Kellner in einer Zeitung. Auf Wunsch brachte er ein weiteres Bier. Als der Lockenmann trank, hatte Viola Zeit, ihre erste Frage zu stellen. Seine Visitenkarte hatte nicht gelogen. Er arbeitete als Zauberer.

»Lach nicht, das ist mein Job. Bühnenshows, Hochzeiten, Table Hopping bei Unternehmerpartys, all das. Nur Kreuzfahrten sage ich ab. Das ist höllisch.« Er sprach von dem Auftritt des Vorabends. Vom Tischzauber bei einem Firmenessen. »Viel Lärm, viel Rauch. Da geht man von einer Gruppe zur nächsten und zaubert mit Spielkarten, mit Seilen, mit Schmuck. Sehr lukrativ.«

»Und was magst du am …«

»Kinder. Für Erwachsene ist es Ablenkung, aber Kinder sind richtig dabei. Meine größten Lehrer, die Kleinen.«

Er legte seinen Arm auf die Lehne des dritten Stuhls, der am Tisch stand. Violas Blick fiel auf den Strauß, der auf dem Sitz lag. Gelbe Blüten, glänzendes Grün. Blumen für sie.

»Lässt du auch Hasen verschwinden und zersägst Frauen in Kästen?« Sie rührte in ihrer Tasse.

»Wenn du willst.«

Er beugte sich vor und sah sie an. Interessiert. Viola versuchte, seinen Blick zu halten. Oder war das gierig? Seine souveräne Freundlichkeit gab Zurückhaltung vor. Zugleich tat sie sich mit etwas zusammen, das nach vorn wollte, weiter.

Ihr Mund wurde trocken. Ihr Körper summte. Sie spürte, dass in dem Raum, der zwischen ihnen lag, etwas entstand.

Ihren Koffer rollte er zum Ausgang. In der Tür machte Viola kehrt, lief zurück zum Tisch und griff nach dem Blumenstrauß.

Sein Wagen stand vor dem Bahnhofsgebäude im Halteverbot. Als sie saßen und Viola die Tür zuzog, nahm er die Hand mit dem Autoschlüssel, die am Zündschloss lag, noch einmal zurück.

»Kommst du jetzt mit?«

»Hast du schon mal gefragt«, sagte sie leise. »Ja.«

Seine Wohnung war kahl. Sie sah sich um. Wenige Möbel, kein Bild an den Wänden, an den Decken Glühbirnen. Als sei er gerade erst eingezogen. Oder fast schon wieder weg.

Als er das Flurlicht anknipste, entdeckte sie Staubsaugerstreifen auf dem Teppichboden. Im Wohnzimmer, in das durch zwei Fenster Laternenlicht fiel, lag eine Reihe Bücher auf dem Parkett. Im Schlafzimmer stand nichts als ein Bett. Daneben standen Violas Koffer, Viola und der gelockte Zauberer im Halbdunkel.

»Komm«, sagte er und holte sie zu sich heran.

Der Rücken unter seinem Hemd war sehnig und hart. Genauso waren seine Arme, die Hände und seine Zunge in ihrem Mund. Viola fühlte sich schwach. Sie wollte die Augen schließen und untergehen.

Es ging schnell. Dass sie schrie, merkte sie, als der Lockenmann ihr von hinten die Hand vor den Mund hielt. Sie hörte den Puls in seiner Kehle. Er griff um ihren Körper und hielt ihn fest.

Viola dachte an Yannick. Triumphierte verzweifelt. Ließ los.

»Jetzt«, sagte er.

Die Menschen gehen ihren Aufgaben nach. Sie steigen in Autos, putzen Fenster, pflanzen Blumen und tragen ihre Kinder herum. Sie verdienen Geld, trennen Müll, waschen sich, kommen aus dem Urlaub zurück, kaufen ein und sammeln Belege für ihre Steuererklärung. Viola öffnete die Augen. Alle haben etwas zu tun, laufen einer Beschäftigung nach wie ein Hund seinem Knochen. Und der Lockenmann liegt in meinen Armen wie eine Made im Speck.

Sein Rücken war warm an ihrer Brust. Seine Locken kratzten an ihrer Wange. Es fühlte sich an wie rostiger Draht.

In der Stille tickte ein Wecker.

»Hast du Freunde hier?«

Er räusperte sich. »Nein.«

»Fühlst du dich nicht einsam?«

»Nein.«

»Warum nicht?«

Im Hausflur fiel eine Tür zu. Die Stimme eines Kindes verhallte im Treppenhaus.

»Ich glaube nicht, dass es um bestimmte Menschen geht«, sagte er. »Du musst dich öffnen, wenn es so weit ist. Wer dann deine Hand hält, ist irrelevant.«

»Aha.« Ihr Körper wurde starr. Sie spürte seine Haut,

die an ihrer klebte. »Und wieso hast du mich angerufen?«

Er lachte leise. »Du hast mich angerufen.«

Viola stützte den Ellbogen auf und legte ihren Kopf in die rechte Hand.

»Du brauchst niemanden«, stellte sie fest. Über die Schulter des Lockenmanns konnte sie am Ende des Flurs die Wohnungstür sehen.

»Erstaunt mich, dass du das sagst. Ich habe gar nicht den Eindruck, dass wir uns da unterscheiden.«

Die Bettdecke raschelte. Er drehte sich zu ihr um. Sein Blick durchsuchte ihr Gesicht.

»Du siehst unzufrieden aus«, sagte er. »Ich kann es dir noch mal mit der Hand machen, wenn du willst.«

Mit einem Schlag war alles zurück. Mein Leben, dachte sie. Dieses Ding.

Dass er ihr zusah, während sie sich anzog, ärgerte sie. Als sie ihn um ein Glas Wasser bat, rollte er sich in den Stand und schlenderte nackt aus dem Zimmer.

»Ich mach dir auch einen Kaffee, falls du noch was Größeres vorhast.«

Viola hörte, wie sich nebenan eine Schranktür öffnete und schloss.

»Wie geht's deiner Mutter?«, rief der Lockenmann.

Schweigend knöpfte sie ihre Bluse zu.

Im Nebenraum rauschte Wasser.

»Wohin warst du unterwegs, als du angerufen hast?« Er kam zurück ins Zimmer, ein Wasserglas in der Hand. »Wolltest du nach Hause?«

Sie streckte die Hand aus und trank. Dann gab sie dem Lockenmann das Glas zurück.

»Kannst du in Bahnhofsnähe ein Hotel empfehlen? Dann hätte ich jetzt gern ein Taxi.«

»Moment noch«, sagte er, als sie mit ihrem Koffer in der Wohnungstür stand.

Er griff an ihrem Kopf vorbei und zog eine Tageszeitung hervor. »Lesestoff für die Weiterreise.« Er zerriss sie vor ihren Augen. Dann fuhr er mit einer lässigen Handbewegung über den Packen Papier und schüttelte die Seiten aus. Sie öffneten sich unbeschadet. Viola roch Druckerschwärze und Sperma.

Im Hausflur drehte sie sich noch einmal um. Der Zauberer lehnte in Hemd und Strümpfen im Türrahmen und aß einen Apfel.

»Was machst du, wenn du mal keine Lust hast zum Zaubern?«

»Den besten aller Tricks«, sagte er. »Ich lasse mich verschwinden.«

—

Der Schirm der Nachttischlampe wurde von einem Pferdetorso gehalten. Licht fiel auf Rosenranken. Altrosa, zartgrün. Viola entdeckte einen Zitronenfalter, der zwischen den Zweigen schwebte. Hinter der Tapete setzte ein Klopfen ein. Wasser rieselte durch die Wand. Das Geräusch wurde von einem hohlen Tuten begleitet. Dann kam die Stille zurück.

›Eigentlich unsere edelste Suite‹, hatte der Page gesagt, als er ihren Koffer abstellte. ›Tut uns leid für die Unannehmlichkeiten.‹ Einen Moment lang dachte sie, er spräche von den Blumen.

›Die Kälte.‹ Er zuckte die Schultern. ›Morgen Früh kommt der Installateur.‹

Sie hob die Beine auf die Bettdecke und legte den Kopf ab. Der Stoff des Kissens war kühl. Ein Blütenmuster, schillerndes Beige. Sie stellte sich vor, die Lichter im Bad zu dimmen und Wasser in die Badewanne einzulassen. Eine Muschel aus Marmor, umgeben von Spiegeln. Auf dem

Rand des Waschbeckens hatte sie Handtücher gesehen. Sie schloss die Augen. Die Hände des Lockenmanns erschienen auf ihren Schenkeln. Ihr Magen zog sich zusammen. Ihr wurde schlecht.

Er hat einen Ort in seinem Innern aufgesucht und ich bin hinterhergelaufen. Nur war dort für mich kein Platz. Sie zog die Arme an ihren Körper. Die Stille seines Schlafzimmers. Sie horchte nach. Entblößend. Sie nahm ihre Brille ab. Drückte die Hände auf die Augen, atmete aus, so lang sie konnte. Die Gedanken eilten weiter.

Computerrauschen. Das Klickklack der Beatmungsmaschine. Das Räuspern ihres Vaters. Seine Hände, die auf den Knien schlafen, während er am Krankenbett sitzt und wartet. Wieso ist er geblieben; wieso bleiben wir? Als Entschuldigung? Um jemanden zu haben, der uns von dem abhält, wozu uns der Mut fehlt? Im Geiste nahm sie bei ihm Platz, legte ihre Hände zu seinen.

Vor einem ihrer zahlreichen Umzüge hatte sie ihn in ein Möbelhaus mitgenommen. Sie hatte sich auf den Ausflug gefreut. Ihre Einkaufsliste war lang, er sollte sie beraten. Das tat er.

Den Rundgang durch den Ausstellungsraum legten sie zentimeterweise zurück. Mit ausgestrecktem Zeigefinger arbeitete sich ihr Vater von Möbelstück zu Möbelstück. Er analysierte Formen, Farben, Maße, Materialien, Texturen und Preise. Er sinnierte über die Qualität außereuropäisch gefertigter Korbstühle, befragte eine Verkäuferin zur Feuerfestigkeit von Bettüberwürfen, beleuchtete die Vorzüge geschlossener Küchenschränke und trug Viola Blumenkübel und Nachttischlampen hinterher.

›Die brauche ich nicht‹, sagte sie und spürte, wie ihre Kraft schwand. Sie sah auf ihren Notizzettel. ›Ich brauche Vorhänge, zum Beispiel.‹

›Oha‹, rief ihr Vater und sah sich um. ›Hast du geklärt, um welche Himmelsrichtung es geht? Sind die Fenster dicht, oder soll das etwas sein, das auch vor Zugluft schützt? Aber sind Rollos da nicht eleganter? Denk dran, Lala‹, er hob die Hand, riss die Augen auf, ›die Dinger müssen robust sein, sonst hast du nur Scherereien. Aus blickdichtem Material, am besten eine Art Segeltuch. Allerdings, ganz wichtig: Wie ist die Beschaffenheit deiner Decken? Bist du ganz oben? Oder hast du da jemanden, der dir auf dem Kopf rumtrampt? Das musst du prüfen, Schätzchen, das hängt alles zusammen. Wobei, ha, hier wäre auch eine Variante.‹

Er steuerte auf eine Auslage mit Stoffrollen zu und winkte sie heran. ›Du kannst dir etwas nähen lassen, in zwei Lagen, Vorder- und Rückseite. Hochelegant! Jetzt ist eben die Frage: Um welches Zimmer handelt es sich?‹ Er hob die Brauen. ›Wenn es die Küche ist: Gibt es eine Dunstabzugshaube? Darüber solltest du nachdenken! Stell dir mal vor, du brätst Spiegeleier, und das ganze Gewölk setzt sich in den Stoff. Hast du denn eine Waschmaschine? Aus welchem Baujahr? Die Anschlüsse sind im Bad, hoffe ich?‹

Viola kämpfte sich vorwärts. Alle paar Meter drehte sie sich zu ihrem Vater um, der auf Tischplatten klopfte, an Teppichen roch und Matratzen Probe lag. In der Abteilung für Sitzmöbel verlor sie ihn aus den Augen. Sie fand ihn bei den Schlafzimmerschränken wieder, wo er den Lauf einer Gleittür prüfte.

›Ach, da bist du‹, sagte er und zupfte an ihrem Ärmel. ›Schau, das ist an und für sich nicht schlecht gelöst.‹ Er stieß eine Schublade an, die sich lautlos schloss. ›Kein hochwertiges Material zwar, aber belastbar.‹

Sie packte seinen Arm, zog ihn weiter. Als er in der Badabteilung zu einem Diskurs über Zahnputzbecher ansetzte, verlor sie die Nerven. ›Stopp!‹, schrie sie. ›Ich kann nicht mehr!‹

Eine Frau mit Hütchen drehte sich zu ihnen um. Sie trug eine Zwergpalme in beiden Händen. Ihr Blick glitt an Viola herunter.

›Aha.‹ Ihr Vater schob die Hände in die Hosentaschen. ›Ich hab dich lediglich darauf aufmerksam machen wollen, dass hier jetzt …‹

›Ich weiß, Papa. Ist gut. Vielen Dank.‹ Es tat ihr leid.

Als sie wieder im Auto saßen, den Kofferraum mit Einkäufen beladen, die sie entgegen seines Rats ausgewählt hatte, sah sie, dass der Parkplatz fast leer war. Ein Arbeiter im Blaumann fuhr einen Gabelstapler mit Gartenmöbeln Richtung Lagerhalle. Sie würden im Dunkeln nach Hause kommen. Violas Mutter würde ihnen Vorwürfe machen.

Sie legte den Rückwärtsgang ein. ›Hättest du zwischendurch gern was gegessen? Ich hätte dich einladen können.‹

Er holte Luft. Sie konnte hören, wie müde er war.

›Schon gut‹, sagte er. ›Wir haben doch jetzt Möbel gesucht.‹

Es klingelte, sie fuhr zusammen. Ihr Wintermantel lag auf dem Boden neben dem Bett. Das Telefon steckte in der Seitentasche. Sie griff nach ihrer Brille, sah auf das Display.

»Papa! Ich habe gerade an dich gedacht.«

Das Klopfen in der Wand kam zurück. Wasser gluckerte und verrann.

»Wie bitte?«

»Ich habe ...« Das hohle Tuten folgte. »Ach, Mist«, murmelte sie.

»Klingt komisch bei dir, was ist denn da los? Bist du auf See?«

Sie setzte sich auf. »Wie geht's dir? Alles in Ordnung?«

»Wie, was? Ja, ja. Ich habe heute zwei Stunden vor der Panzertür gewartet. Ich stand da, und dieser Schienenverkehr ist über meinem Kopf rumgesaust. Dann war ich drin. Alles unverändert. Sie liegt da. Liegt da ... Sag mal, das klingt wie eine Kläranlage, wo bist du?«

Sie legte ihre Wange auf die angezogenen Knie.

In der Tiefe des Raums zeichneten sich im Halblicht zwei Polstersessel ab. Auf einem Tischchen mit Schnörkelbeinen stand ein Blumenstrauß.

»Ich weiß es nicht, Papa.«

»Wie?«

»Ich habe keine Ahnung.«

»Ah so.« Er zögerte. »Aha, aha. Mhm. Verstehe. Na dann, viel Erfolg.«

»Papa?«

»Hm!«

»Das wünsche ich dir auch.«

—

Sie stellte den Blumentopf ab. Die Erde war umgegraben. Anstelle eines Kreuzes stand ein Zwergbaum am Kopfende des Grabs. Viola sah Knospen an den Zweigen. Am Fuß des Bäumchens lag eine Platte aus Naturstein in der Erde. Ein Strauß Lilien verdeckte die Aufschrift.

Der Friedhofsgärtner hatte recht behalten. Er hatte sie beim Blumenkauf beraten. Hatte ihren Rollkoffer beäugt, ihre Stiefel, ihre Blässe. Hatte ihr Buschwindröschen empfohlen. Hyazinthen. Duftveilchen.

›Sonst Immergrün? Blüht bald. Steht für ewiges Leben und Auferstehung. Gerade im Angebot.‹

Nachdem sie sich entschieden hatte, wollte er wissen, welches Grab sie suche.

›Ist das Verwandtschaft?‹

Sie nickte.

Er streckte die Hand nach den Blumen aus. Viola sah Erdränder unter seinen Fingernägeln. ›Tut mir leid für Sie. Aber das Geld können Sie sparen.‹

Widerwillig hatte er eine Grabnummer genannt. Vierte Allee links, geradeaus, rechte Seite. Seinem Rat zum Trotz war sie über die Wege geirrt. Engel aus Stein, geharkte Erde, in Marmor gefasste Fotografien. Am Fuß der Grabsteine hatte Schnee überdauert. Aus einem Mülleimer stakten Blumenstiele. Sie fror. Seit der Hotelweckdienst sie wachgeklingelt hatte, fühlte ihr Körper sich an, als sei er aus Gummi.

Sie fand den Ort abseits der Nachbargräber, zwischen einer Birke und einem Hänger für Gießkannen. Ein Kamm lag auf dem Kies. Hinter einem Stück Rasen schloss sich eine Mauer aus Backsteinen an.

Sie beugte sich vor. *…land,* las sie zwischen den Blumen. *1937 …*

Man sucht einen Ort auf, an den man seine Trauer tragen kann. Viola vergrub die Hände in den Manteltaschen. Wenn die Adresse nicht stimmt, hat die Trauer keinen Platz. Die Kälte brachte ihre Nase zum Laufen.

Als sie Kind war, hatte es ein Bild gegeben. Schwarzweiß, auf der Kommode im Esszimmer ihrer Eltern. Viola im Kleidchen, Schnuller im Mund, hält mit ihren Großeltern in deren Ehebett Mittagsschlaf. Ihr Großvater liegt auf dem Rücken, die Hemdsärmel hochgekrempelt. Sein Kopf ist zur Seite gesunken, das weiße Haar fällt über die Schläfen nach vorn. Eine Hand ruht auf seinem Bauch. Ihre Großmutter liegt Viola zugewandt, den Kopf auf einen Arm gebettet. Ein Kleid verhüllt ihren Körper bis zu den Knöcheln. Viola, in der Mitte des Betts, wird von beiden umrahmt. Mit dem Rücken zu ihrer Großmutter hat sie die Ärmchen vor sich auf der Matratze ausgestreckt.

›Wer hat das Foto gemacht‹, fragte sie jedes Mal, wenn sie das Bild in den Händen hielt.

›Deine Mutter‹, sagte ihr Vater.

›Nein.‹ Violas Mutter sah ihren Mann an. ›Das warst doch du!‹

Sie haben die Begegnung vergessen. Meine Großeltern haben sie ins Grab mitgenommen. Ich weiß es nicht mehr. Und das Foto ist verschwunden, zusammen mit der alten Kommode. Viola zog die Nase hoch. Was macht die Nähe aus? Dass sie stattgefunden hat, oder die Tatsache, dass jemand sich an sie erinnert? Sie suchte nach einem Gefühl. Die Leere begann sich mit Unruhe zu füllen.

Diese beiden Menschen waren ihr fremd. Die Gegend, in der sie begraben lagen, die Heimat ihrer Mutter. Die Wohnhäuser mit den schmiedeeisernen Zäunen, den Rosenbeeten, den Teppichstangen.

Ein Spatz landete in der Krone des Zwergbaums, sprang von Ast zu Ast und flog weiter. Hinter der Mauer rollte ein Traktor vorbei. Sie sah, wie der Atem vor ihrem Mund verdampfte. Wind kam auf und stieß die Gießkannen in ihrer Aufhängung an. Plastik schlug auf Plastik, auf Metall. Der Wind ließ nach. Das Licht wurde weniger.

Sie trat von einem Fuß auf den anderen. Sie spürte ihre Zehen nicht mehr. Stattdessen spürte sie eine Verbissenheit, die ihr verbot, sich von der Stelle zu rühren. In der Ferne heulte eine Motorsäge auf. Ein Hund bellte. Viola hatte den Eindruck, dass sich auf ihrem Gesicht eine Eisschicht schloss.

Schritte auf dem Kies, sie hob den Kopf. Ein Mann kam näher. Er trug Wintermantel und Schal, in einer Hand hielt er einen Strauß Lilien. Als er vor ihr stand, realisierte sie, wie klein er war.

»Schön!«

Viola zögerte, ehe sie die Hand nahm, die der Mann ihr entgegenstreckte.

»Ich kenne den Toten nicht«, sagte sie schnell.

»Ah so.« Der Mann lächelte. »Interessant.«

Er wandte sich von rechts nach links, als wolle er die Gegend erkunden. Sie sah silbergraues Haar. Dann blieb ihr Blick an seinem Rücken hängen. Dort wölbte sich ein Buckel, groß und eckig, als trüge der Mann einen Schulranzen unter dem Mantel.

»Heute war ein herrlicher Tag. Haben Sie den Himmel gesehen?«

Er trat einen Schritt vor, beugte sich über die Marmorplatte und tauschte die Lilien, die dort lagen, gegen die mitgebrachten aus. Mit den welken Blumen in der Hand stand er da und schwieg.

»Hier liegt eine Frau«, stellte Viola fest.

»Das ist korrekt.« Seine Augen blitzten. »Wen hatten Sie erwartet?«

»Meine Großeltern. Offenbar hat meine Mutter das Nutzungsrecht nicht erneuert.«

»Das tut mir leid.«

Sie blickten auf den gefurchten Grund. Zwischen den Erdballen schimmerte Kies.

»Eine prächtige Farbe.« Er deutete auf den Blumentopf, den sie am Rand des Grabs abgestellt hatte.

»Eine Akelei«, erklärte Viola. »Blüht sonst später. Laut Friedhofsgärtner ein Symbol für den Heiligen Geist und das kommende Heil.«

»Sehr gut. Annie hat bestimmt nichts dagegen.« Er sah sie an. »Wollen wir?«

Er hob den Blumentopf an und klopfte auf den Boden des Plastiks, bis das Wurzelgeflecht sich löste. Mit dem leeren Behälter höhlte er ein Loch in das Erdreich. Dann brachte er in einer Gießkanne Wasser herbei.

Viola hockte sich an den Rand des Grabs und setzte die Akelei in das Pflanzloch.

Mit den Händen schob sie Erde über das Wurzelwerk und klopfte sie fest. Krümel aus Lehm blieben an ihren Fingern hängen.

Der Mann neigte sich vor und hielt die Gießkanne über die Blätter. »Für die Großeltern.«

Wasser staute sich rund um die Pflanzung. Eine Pfütze entstand. Viola sah zu, wie sie im Erdreich versickerte. Das Leben hat eine Verbindung geschaffen, zwischen ihnen und mir. Eine Frau, die ihr Kind war. Dann ein Mädchen. Dann meine Mutter. Die vom Leben verwandelt wurde. Beschenkt. Beschädigt. Wassertropfen rollten die Blätter herab.

»Meiner Mutter geht es nicht gut.«

»Oh«, sagte der Mann. »Ich bedaure. Wird sie denn wieder heil?«

Heil. Viola erschrak. So ein gutes Wort. Wie viele Worte müsste man diesem einen entgegensetzen, um etwas zu sagen, das der Wahrheit näher kommt.

»Keiner weiß wirklich, was mit ihr ist.«

»Außer Ihren Großeltern.«

Sie hob die Schultern. Wenn jeder seinen Teil beitrüge. Vielleicht würde die Wahrheit vollständig werden.

»Vielleicht?«

Der Mann kramte in seiner Manteltasche. Er hielt ihr ein Taschentuch hin.

»Danke.« Sie drückte die Handflächen in den Boden.

»Und Ihre Mutter?«, fragte er. »Weiß sie selbst, was mit ihr ist?«

»Ich glaube schon.« Die Umrisse der Dinge zerflossen. »Aber sie kann sich nicht erinnern.« Sie hörte sich atmen.

Roch Feuchtigkeit.

Kühle Erde unter den Händen.

*Sein Blick wandert über den Himmel. Unter seinem Fell zuckt ein Muskel.*

*»Vergiss es. Es hat keinen Zweck.« Der Widder schnaubt.*

*»Das kann ich nicht.«*

*Lieber würde ich etwas anderes sagen. Aber welchen Sinn hat das Leid dann gehabt?*

*»Sag es mir, wenn du alles weißt.«*

*Seine Schnauze kräuselt sich. »Eine Landstraße. Ein Unfall. Weit weg, lange her.«*

*»Was ist passiert?«*

*»Sie war müde und einsam.«*

*»Wieso?«*

*»Das hat immer die gleichen Gründe.«*

*»Ist sie darum so geworden?«*

*Mein Gesicht glüht. Mein Herz verkrampft sich.*

*Der Widder schließt und öffnet die Augen. Lange Wimpern streicheln die Luft.*

*»Und jetzt?«, frage ich.*

*»Nichts.« Er schiebt einen Huf unter meine Hand. »Du vergisst es.«*

»Alles in Ordnung?«

Auf ihrer Schulter lag eine Hand. Sie schaute auf. Ein Zweig, schwarz vor Grau. Der Himmel eine Decke, die sich senkte, um die Erde zur Nacht zuzudecken.

»Träumen Sie?« Ein Gesicht schob sich in ihr Blickfeld. Es lächelte. Von unten besehen schien es kreisrund.

»Matti hatte Kaffee gerichtet, eine Thermoskanne. Hätte ich die mal mitgenommen.«

Der Mann beugte sich zu ihr herunter und bot ihr seinen Arm an. Viola stützte sich ab und kam auf die Füße. Kies rieselte von ihren Hosenbeinen.

»Matti?« Sie rieb sich Erde von den Händen.

»Meine Haushälterin. Eine wunderbare Person, eine großartige Köchin, voller Sorge um mich und den Rest der Welt.« Er umrundete sie und klopfte Staub vom Stoff ihres Mantels. Dann blieb er stehen und sah zu ihr hoch. »Makellos.« Er klang vergnügt. »Bernard van Weill.« Eine kleine Verbeugung. »Es freut mich.«

Viola stellte sich vor. Ein Regentropfen traf ihr Brillenglas. Einer fiel auf ihre Hand. Der Rollkoffer kam ihr in den Sinn. Sie sah sich um.

»Der steht hier.« Der Mann zeigte hinter sie. »Kann ich Sie irgendwo hinfahren? Ich bin mit dem Wagen da.«

Im Gehen warf sie einen Blick zurück. Die Akelei stand im Restlicht. Nässe schimmerte auf den Blättern.

Am Eingangstor des Friedhofsparkplatzes lehnte ein Kinderfahrrad. Der Sattel fehlte. Auf der anderen Seite des Zauns stand ein Renault 5. Als sie die Türen zuzogen, begannen die Tropfen auf das Blechdach zu trommeln.

Er schob eine Kassette ins Autoradio. Es knisterte. Ein Piano begann zu spielen.

Bernard lehnte sich zurück in den Sitz. Er saß auf einem Keilkissen, eine Hand lag auf dem Lenkrad. Seine Gesichtszüge waren gelöst. Viola war dankbar für sein Schweigen. Es schuf einen Raum, in dem sie sich ausruhen konnte. Sie legte den Kopf an die Rücklehne und ließ ihre Hände los.

Platanen säumten die Allee. Sie neigten sich Richtung Straße, als wollten sie ihre Fahrt beschützen. Auf den dahinterliegenden Feldern breitete sich die Dunkelheit aus.

Er warf einen Blick zur Seite.

»Geht es Ihnen besser?«

»Ich glaube«, sagte sie. »Und wie geht es Ihnen?«

»Auch besser.« Er reckte den Hals über das Lenkrad. »Es

geht mir sogar sehr viel besser. Selbst wenn mein Arzt das anders sieht.«

»Sind Sie krank?«

»Ich war lange krank. Vor einem Jahr wurde in meinem Rücken eine wandernde Rippe entdeckt. Eine Osteoporose, weit fortgeschritten. Die Stärke meiner Knochen lag außerhalb des messbaren Bereichs.«

Er fing Violas Blick auf. »Es ist nicht so schlimm, wie es klingt. Rückblickend nicht.« Er kicherte. »Wissen Sie … ich sehe das noch vor mir: Dieser Oberarzt, ein ganz ambitionierter Mensch, wie er auf das Blatt mit meinen Befunden starrt. Und dann plumpst er neben mir auf das Krankenbett. Wir gucken beide auf das Papier: ein leeres Schema. Nur ganz links, außerhalb der Skala, ein winziger Punkt. Das war der messbare Rest meines Knochenapparats. In den Augen der Ärzte war ich verschwunden.«

»Wie schrecklich …«

»Seltsam, ja. Insbesondere, weil dieses Phänomen sich wiederholt hat. Bei der Physiotherapie zum Beispiel, mit einem Fitness-Fahrrad. So ein blasiertes Gerät. Vierzig Minuten sollte ich auf dem Ding radeln. Ich war nach drei Minuten erschöpft. Als ich zum zweiten Termin kam, erkannte der Computer des Fahrrads mich nicht wieder. Er hatte mich beim ersten Training gar nicht registriert. Während ich wieder mit aller Kraft in die Pedale trat, zeigte der Bildschirm am Lenker bei allen Werten eine Null an. Als sei ich gar nicht da. Mein Physiotherapeut und ich haben uns dann ein Ziel gesetzt. Wir wollten dem Computer beweisen, dass ich existiere. Letzte Woche hatten wir Erfolg. Ich bin jetzt auf der untersten Trainingsstufe beim niedrigsten Wert angekommen, durch äußersten Einsatz. Es gibt mich wieder.« Er grinste. »Ist das nicht beruhigend?«

Viola musste lachen.

Der Fahrtwind zerrte Regentropfen über das Seitenfenster. Draußen zog der Saum eines Waldes vorbei. Die Melodie des Pianos tanzte über die Kuppen der Bäume.

Ihr kam ein Gedanke.

Bernard sah zur Seite. »Nur zu.«

»War das nicht Ihre Frau auf dem Friedhof?«

»Annie? Nein.«

Der Motor heulte auf. Bernard hatte sich verschaltet. Sie betrachtete sein Profil und stellte fest, dass er rot geworden war.

»Sie war eine Freundin.« Er räusperte sich. Die Röte zog sich aus seinem Gesicht zurück. »Wir haben uns während des Studiums kennen gelernt. Später arbeiteten wir eine Weile in derselben Klinik. Dann trennten sich unsere Wege.«

»Was haben Sie gemacht?«

»Ich habe eine Praxis übernommen, als Analytiker.«

»Und sie?«

»Sie ging ins Kloster.«

»Wirklich?«

»Oh ja. Im Grunde war das klar. Selbst wenn es keiner vermutet hätte.«

»Nicht mal sie selbst?«

Bernard dachte nach. »Nein. Aber sie hatte etwas an sich, von jeher. Etwas Stilles, Kraftvolles, das alles enthielt. Jedenfalls für mich. Dafür hat sie gar nichts getan. Das ging einfach von ihr aus.« Er schwieg.

»Fragen Sie ruhig«, sagte er, als er Violas Gesicht sah.

»Waren Sie verliebt?«

»Ein wenig.« Er zögerte. »Ach, so ein Unsinn. Ja! Natürlich war ich in sie verliebt.«

Hinter den Bäumen verschwand das Licht. Trotz der Regenwolken war nun der Himmel der hellste Ort. Er spannte sich wie ein Laken über die Landschaft. Sie sahen zu, wie die Konturen der Bäume und Felder mit der Dunkelheit verschmolzen.

»Seit wann leben Sie hier?«, fragte Viola.

»Gut zehn Jahre. Mit sechzig habe ich entschieden, meine Praxis zu schließen.«

»Hatten Sie das Arbeiten satt?«

»Nein.« Bernard schaltete das Licht ein. »Aber mich in dieser Rolle.« Vor den Scheinwerfern wurde eine Wand aus Regenfäden sichtbar. »Mein ganzes Leben habe ich mit Psychologie verbracht. Ich war kein schlechter Arzt. Ich hatte Wissen. Und Mitgefühl mit meinen Patienten. Aber ich bin ihrer Kraft mit meiner begegnet. Ich habe die Menschen wie Klötze behauen. Mit der Ambition, sie zu verändern.«

»Ist das denn schlecht?«

»Vielleicht nicht. Aber ich glaube nicht mehr daran. Es geht nicht um Veränderung. Vielleicht geht es nicht einmal darum, den Menschen zu helfen. Das Leben selbst hilft ihnen. Es verwandelt sie. Wenn sie sich verwandeln lassen und sich nicht festklammern an den Umständen. Wissen Sie?«

Viola überlegte. Sie schüttelte den Kopf.

»Immer versucht man, Antworten zu finden«, sagte Bernard. »›Ich kann meine Frau nicht lieben, denn sie hat Züge meiner Mutter, die mich verletzt hat, als ich ein Kind war.‹ Das nennt man einen Mutterkomplex. An so etwas hält ein Patient sich jahrelang fest. Bis er eines Tages erkennt: ›Meine Frau ist viel mehr, sie ist auch eine Aphrodite für mich. Das ist doch auch wahr, wie geht das zusammen?‹

Dann bekommt er Angst, weil die Erklärungen nicht mehr hinreichen. Aber sie reichen nie hin. Die Wahrheit setzt sich nicht aus Erklärungen zusammen.« Er sah zur Seite. »Oder?«

Viola erwiderte seinen Blick. Sie zögerte.

»Oder was würde es ändern, wenn Sie Bescheid wüssten über Ihre Mutter?«

Sie suchte nach einer Antwort. Nichts fiel ihr ein. Ich sollte meinen Mantel ausziehen. Sie wandte den Blick ab. Mir ist warm.

»Ich rede zu viel.« Er hob die Hand. »Verzeihen Sie.«

Der Wagen passierte ein Ortsschild. Häuser drängten sich an den Straßenrand. Die Rollläden der Fenster waren heruntergelassen. Bernard setzte den Blinker, sie bogen ab. Ein Kleinstadtbahnhof kam in Sicht. Er parkte und stellte den Motor ab.

Sie sahen durch die Windschutzscheibe. Das Bahnhofsgebäude war dunkel. Die Fassade wurde von einer Laterne erhellt. Im Lichtkegel glänzte der Regen. Kein Mensch war zu sehen.

Viola hatte keine Kraft auszusteigen. Mich weiter zu bemühen, dachte sie. Meinen Körper wie nasse Wäsche hinter meinem Kopf herzuschleppen.

Bernard legte eine Hand zurück auf das Lenkrad. »Ich

kann Sie in die Kreisstadt bringen. Dort kriegen Sie schneller eine Verbindung.«

»Macht Ihnen das keine Umstände?«

Er drehte den Schlüssel im Zündschloss. Die Klaviermusik setzte von neuem ein.

»Fahren wir«, sagte er.

—

Sie war die einzige Reisende, die den Nachtzug bestieg. Sie fand ein leeres Abteil und legte sich im Dunkeln auf eine Pritsche. Als der Zug anrollte, begann das Stockbett zu quietschen. Das Kissen roch nach Waschmittel.

Viola bemühte sich, ihre Finger zu beruhigen. Sie hatte den Eindruck, sich auf etwas zuzubewegen. Etwas, das mich erwartet, dachte sie. Etwas, das ich einmal kannte.

»Darf ich Ihnen auch eine Frage stellen?«, hatte Bernard das Gespräch wieder aufgenommen, als sie zurück auf der Landstraße waren. Es war Nacht geworden. Das Fernlicht des Renaults beleuchtete Straßenschilder, Bushaltestellen und Scheunen am Straßenrand. Viola schmiegte sich in ihren Sitz.

»Ja, sicher.«

»Was machen Sie in Ihrer Freizeit? Wenn Sie nicht auf den Spuren Ihrer Familie sind.«

Viola dachte an ihr Bügeleisen. An das Brodeln und Zischen, wenn sie den Dampfknopf drückte. An den Geruch von Weichspüler. Die Leere im Kopf.

»Nichts Besonderes«, sagte sie. »Ich hatte nicht viel Freizeit, die letzten Jahre.«

»Arbeit, Arbeit?«

Sie zuckte die Schultern. Nickte.

»Gab es nie jemanden an Ihrer Seite?«

»Doch, schon. Aber der ist lang nicht mehr da.«

Sie sah aus dem Fenster ins Dunkle. Yannicks Hemden. Von der Sonne gebleichter Stoff in Himbeerrot. Diese unmögliche Farbe, die kein normaler Junge je getragen hätte. Yannick trug sie mit desinteressierter Lässigkeit. Wenn er ihr auf einem Bahnsteig entgegenkam, auf dem Parkplatz eines Flughafens, in einer Bar, hatten seine Hemden ihr von weitem entgegengeleuchtet. Und dafür gesorgt, dass sie vor Freude erschrak. Er ist noch da, dachte sie. Er war da, die ganze Zeit. Er war schon da, bevor ich ihn das erste Mal sah.

Bernard warf einen Seitenblick. Dann konzentrierte er sich wieder auf die Fahrbahn. »Werden Sie jetzt rot?«

Viola lächelte.

»Können Sie sich denn an seinen Namen erinnern?«

»Er wurde Yann genannt. Sein Name war Yannickothé, aber das konnte in unserer Klasse niemand buchstabieren.«

»Eine Jugendliebe!« Bernard strahlte.

»Nein. Damals haben wir uns überhaupt nicht gemocht. Also, ich konnte ihn jedenfalls nicht leiden. Yannick war so ein Typ auf Durchreise. Sein Vater war Diplomat. Sie sind ständig umgezogen. Bei uns in der Schule war er nur für ein Jahr.«

Die blonden Haare, die ihm in die Stirn fielen. In den großen Pausen saß er auf den Stufen zum Fahrradparkplatz und rauchte. Immer in Beobachterposition. Wenn man in seine Nähe kam, hatte man das Gefühl, zu stören.

»Er konnte Dinge, für die ich keinen Funken Talent hatte. Er spielte sehr gut Klavier. Und er war ein Genie in Mathematik. Schlimm.« Sie lachte. »Ich fand ihn arrogant. Aber das war eine Fehleinschätzung. Irgendwie passiert mir das öfter.« Sie nagte an ihrer Unterlippe. »Ich habe es erst kurz vor den Sommerferien kapiert. Da war er schon fast wieder weg.«

»Was ist passiert?«

»Wir hatten einen Mathelehrer. Herr Ariston, der strengste von allen. Er war auch Rektor der Schule. Er hatte ein steifes Bein und einen Porsche und war das ganze Jahr über braungebrannt. Wenn er wütend wurde, lief er krebsrot an und sprach mit leiser Stimme apokalyptische Strafen aus. Alle hatten Schiss vor ihm. Selbst die Lehrer. In der elften Klasse wäre ich fast seinetwegen sitzengeblieben. Mathematik war davor schon mein Schwachpunkt. Bei Ariston habe ich dann völlig versagt. Ich war wie vor den Kopf geschlagen. Habe Zahlenreihen auswendig gelernt und gehofft, dass ich irgendwie an einem Ungenügend vorbeikomme. Ab und zu, man wusste nie wann, machte Ariston Tests. Dafür stellte er zu Beginn der Stunde einen Schüler hinter die Tafel. Der musste den ersten Teil einer mathematischen Gleichung aufschreiben. Die anderen schrieben übungshalber in ihre Hefte. Wenn der Schüler hinter der Tafel fertig war, musste er einen Klassenkameraden nach vorn rufen, der die Gleichung fertigzuschreiben hatte. Mit einer andersfarbigen Kreide. Damit man später sehen konnte, wer was verbrochen hatte. Am Schluss wurde die Tafel umgeklappt. Die Klasse korrigierte. Und Ariston gab den zwei Schülern Noten.«

Sie holte Luft. »Wir wurden gezwungen, uns gegenseitig zu bestrafen, indem wir einander aufriefen. Und der Zweite an der Tafel musste irgendwie mit dem Zahlensalat fertig werden, den der Erste hinterlassen hatte.«

Viola dachte an Aristons Blick, der sich zu Stundenbeginn durch die Tischreihen fraß. »Zu meinem Glück blieb ich meistens verschont. In Mathe ging ich als eine Art Möbelstück durch. Dann kam der Morgen, an dem Ariston Yannick nach vorn holte.«

Yannicks ausgefranste Jeans. Sie ragte unter der Tafel hervor, zusammen mit dem Saum seines leuchtenden Hemds. »Yannick sollte *bis zum ersten Potenzzeichen* schreiben. Ich weiß noch, dass ich mich fragte, wovon Ariston sprach. Alle beugten sich über ihre Hefte und kritzelten los. Nur ich nicht. Meine Hand mit dem Füller lag auf dem Papier. Ich hatte den Eindruck, dass ich sehen konnte, wie das Blut darin pulsierte. Ich hörte die Kreide, die über die Tafel kratzte. Yannick ließ sich alle Zeit der Welt. Er kam hinter der Tafel vor, griff nach dem Schwamm, verschwand wieder. Dann trat er nach vorn und sah in die Runde. In meinem Kopf sprangen die Gedanken herum. Noch eine Sechs, und ich hätte das Schuljahr wiederholt. Wir haben keine Rechnung offen, das kam mir immer wieder. Wir haben keine Rechnung offen. Als er in meine Richtung sah, senkte ich den Blick. ›Viola‹, sagte er. Es war das erste Mal, dass ich meinen Namen aus seinem Mund hörte. Als ich aufstand, klebten meine Hände am Schulheft. Yannick kam mir entgegen. Er drückte mir ein Stück Kreide in die Hand. Was für ein

Arschloch, dachte ich. Mir kamen die Tränen vor Wut. ›Bis zum Ende der Gleichung‹, sagte Ariston. Seine selbstzufriedene Stimme habe ich noch im Ohr. Im Klassenzimmer war es still. Ich fühlte mich, als sei ich eingesperrt, in diesen Raum, in dieses Stück Zeit. Hinter der Tafel hob ich den Kopf. Yannick hatte seinen Teil der Gleichung in Rot geschrieben. Makellos, von vorn bis hinten. Und die zweite Hälfte in Grün. An den Rand hatte er mit dem Schwamm ein Strichmännchen gemalt. Es lächelte.«

»Ha!«, rief Bernard.

Der Geruch von Kreidestaub. ›Moment noch‹, hatte sie gesagt. Sie blieb stehen, spürte die Stille, die in ihren Ohren rauschte. Mit zwei Fingern verwischte sie das Strichmännchen. Dann ging sie zu ihrem Platz zurück. Auf dem Weg suchten ihre Augen Yannick. Er saß in der hintersten Reihe, wippte auf seinem Stuhl und sah aus dem Fenster.

»Am Ende des Schuljahrs zog er mit seinen Eltern nach Kapstadt. Wir fingen an, uns Briefe zu schreiben. Besucht haben wir uns nie.« Sie dachte nach. »Vielleicht eine stille Verabredung.« Weil Briefe schöner waren als das Leben. Ihr Schreibtisch fiel ihr ein. Schulbücher, Papierstapel, mit Zahlen und Zeichen bekritzelt. Kurvendiskussionen, Potenzrechnen, Geometrie. Sie hatte entschieden, verstehen zu wollen. »Mein Mathe-Abi habe ich mit vierzehn von fünfzehn Punkten gemacht. Danach war ich auf einer Sprachschule in London, zusammen mit meiner besten Freundin. Das Briefeschreiben verebbte.«

»Sie haben ihn nie wiedergesehen?« Bernard klang enttäuscht.

»Doch. Fast drei Jahre später. Ich hatte ein Praktikum in einer Consulting-Firma in New York City bekommen. Ich wusste, dass Yannick auch in der Stadt war. Er schrieb an seiner Magisterarbeit. Offiziell zumindest. Eigentlich spielte er Piano in verschiedenen Combos und verbrachte die Nächte in einschlägigen Clubs, um dort von den Jazzgrößen zu lernen. Davon hatte er seit seiner Schulzeit geträumt.«

Yannicks Appartement. Er hatte es mit zwei Musikerfreunden gemietet. Als er Viola das erste Mal einlud, saßen sie an einem Klapptisch, der von einem Matratzenlager umgeben war. An den Wänden des Raums lehnten Instrumente. Es gab Weißwein und Fisch, den Yannick in der Stehküche vorbereitet hatte. Viola war so aufgeregt, dass sie die Gräten mitaß. Yannick wagte sie nur anzusehen, solange er sprach. Als sie zusammen auf einer Matratze lagen und Viola seine Nähe spürte, war sie so glücklich, dass es weh tat.

»Danach ging ich für meinen Studienabschluss nach Deutschland zurück. Yannick ging nach Paris und machte Musik.«

Rolltreppen, Gepäckbänder, Flugsteige. Yannick. Schnellzüge, Warteschlangen, Hotelzimmer. Yannick. Duty-free-Shops, Take-Aways, Mietwagen. Yannick. Cafés, Bars, Boulevards. Und Yannick.

An den Sonntagen schliefen sie aus. Nachmittags wanderten sie durch die Stadt. Achtzehntes Arrondissement, Place Clichy, St. Lazare, durch das Regierungsviertel zur Place de l'Étoile bis zum Bois de Boulogne. Wenn sie bei den ersten Bäumen ankamen, machten sie kehrt.

›Ist doch komisch‹, sagte Viola auf dem Weg zur Metrostation. ›Immer sagen wir, dass wir Grün und Stille wollen. Und wenn wir endlich dort ankommen, sind wir müde. Es ist Abend und Zeit nach Hause zu gehen, und wir kehren um.‹

Yannick legte den Arm um sie. Er blinzelte in den Himmel. ›Schöne Wolken‹, sagte er. ›Ganz cremig.‹

»Wir haben uns so oft wir konnten gesehen. Am Wochenende. In den Ferien. Sieben Jahre lang«, schloss Viola. »Dann wollten wir zusammenziehen. Aber dazu kam es nicht mehr.«

Der Motor des Wagens brummte. Die Pianomusik hatte

geendet, ohne dass es ihr aufgefallen war. Auf der Windschutzscheibe schoben die Scheibenwischer den Regen beiseite.

»Wieso ist er gegangen?«, fragte Bernard.

»Er ist nicht gegangen. Das war ich.«

An den Straßenrändern mehrten sich Gebäude und Lichter. Laternen beleuchteten Schaufenster, Restaurants und die Fassaden verlebter Wohnblocks. Bernard schaltete einen Gang herunter und drosselte die Geschwindigkeit.

»Das verblüfft mich jetzt. Wenn Sie erzählen – es klingt gar nicht so, als hätten Sie das gewollt.«

»Ich dachte …« Sie verstummte.

Carolines Gesichtsausdruck fiel ihr ein. Sie hatte vor dem Haus gestanden, aus dem Viola am Vortag ausgezogen war. Sie hatte sich an ihrem Fahrrad festgehalten und dabei zugesehen, wie Viola die Umzugsleute anwies, ihre Kartons und Möbel aus dem Laster zurück in die alte Wohnung zu tragen.

›Das glaub ich nicht, Vio‹, sagte sie wieder und wieder, ›ich glaub es nicht. Was, bitte, ist passiert?‹

»Ich weiß nicht, was ich dachte«, murmelte Viola. Ihr Brustkorb zog sich zusammen. Es fühlte sich an, als kämen unter der Haut Glasscherben in Bewegung.

Ein Fußgängerübergang, Bernard bremste ab. Das Rot der Ampel fiel auf ihre Gesichter. Eine Gruppe Jugendlicher lief über den Zebrastreifen. Sie hielten Bierflaschen in den Händen und grölten. Es wurde grün, der Wagen fuhr an. Das Klicken des Blinkers klang aufgeregt. Am Ende der Straße kam die Fassade des Bahnhofs in Sicht. Ein Klinkerbau mit Rundfenstern und Mansardendach.

Bernard hielt neben einer Reihe Fahrradständer und stellte den Motor ab. Er zog die Handbremse, legte die Hände in den Schoß.

Das ist kein Parkplatz, dachte Viola.

»Leider darf man hier nirgends bleiben«, sagte Bernard.

Er wandte sich zu ihr und nahm ihre Hand. Viola hatte den Eindruck, dass er etwas in ihr ansah, wovon sie nichts wusste.

»Seien Sie mutig. Das können Sie.«

Mit einem Ruck schnürte sich ihr Hals zu. »Ach ja?«

»Und ob.«

Bernard grinste. Er griff zum Rücksitz und holte seinen Mantel nach vorn. Aus der Seitentasche zog er eine Zellophantüte. Sie war zugeknotet und prall angefüllt mit Plätzchen.

»Schauen Sie mal. Die hat Matti gebacken, meine Haushälterin. Die sind für Sie.« Er tippte auf die Tüte, es knisterte. »Ihre Kekse! Offenbar existieren Sie. Ihre Plätzchentüte war sogar schon da, ehe wir uns begegnet sind. Ihre Plätzchen gehen Ihnen voraus.«

Der Zug raste in einen Tunnel, mit einem Knall schlug Luft gegen die Scheiben. Sie zog die Beine an, schlang die Arme um ihren Körper. Im Lautsprecher des Abteils knackte es. Der Zugführer nuschelte eine Nachricht für einen Mitarbeiter. Dann knackte es wieder. Gleichmäßig ratterten die Räder auf den Gleisen. Aus den Heizungsschlitzen über der Tür strömte Luft und strich über ihren Kopf.

Wann hat das angefangen? Dass Freude misstrauisch macht. Und Glücklichsein unruhig. Dass das Leben sich nicht wie eine Möglichkeit anfühlt, sondern wie eine Bedrohung, ein Zwang?

Yannick drehte sich zu ihr um. Ein Lachen funkelte in seinen Augen. Er zog sie zu sich heran. Mit dem Finger zeichnete er ein Lächeln auf ihren Mund. ›Mach dich nicht so eine Sorge, große Frau.‹

Yannick konnte das, dachte sie. Sich sicher fühlen. Überall war er zuhause. In einem Haus im Wind, einer Wohnung im Nebel. Seine Welt hat sich von selbst in die gute Richtung gedreht. Und versucht, mir Vertrauen zuzurufen.

In den ersten Jahren funktionierte das noch. Viola lag auf Yannicks Bett und sah zu, wie sich vor seinem Fenster der Himmel färbte, während er am Klavier saß und spielte. Irgendwann stand er auf und sagte in seinem eigenartigen Deutsch Dinge, die zum Frohsein reichten. ›Möchtest du eine Staugenlange? Ein Fleischspießer? Oder ich schmier dir eine Stolle. Wieso lachst du, kein Appetit?‹

Später konnte sie seine Sorglosigkeit immer schlechter ertragen. Es gab Momente, in denen sie ihn hätte schütteln mögen. Wenn er nicht verstand, warum es so wichtig war, Strategien zu entwickeln, um das Leben, das vor ihnen lag, in Formen zu packen.

›Écoute, große Frau‹, sagte er am Ende einer zerredeten Nacht. ›Bist du nicht müde? Ich bin müde. Meine Augen wollen schließen.‹

Ich brauchte ein Zeichen. Eine Versicherung. Nähe. Yannick war einverstanden mit der Idee, eine gemeinsame Wohnung zu nehmen. Das war alles, dachte sie. Ich habe angenommen, es sei genug.

Ihr gelang, den Wohnortwechsel bei der Arbeit als Vorteil zu verkaufen. Sie engagierte einen Makler. Nachts, wenn sie nach Hause kam, prüfte sie Angebote und Annoncen auf ihrem Computer. Wenn sie frei hatte, flog sie nach Paris.

Sie sah sich Wohnungen an, selbst wenn Yannick nicht da war. Westlicht, Ostlicht, Hochparterre. Dritter Stock ohne Aufzug. Dach-Maisonette. Sie kaufte Vorhänge für ein gemeinsames Wohnzimmer, das es noch nicht gab, und zog Bodenbeläge in Erwägung. An einem Sonntag kurz vor Weihnachten besichtigten sie eine Wohnung im Obergeschoss eines Mietshauses im Marais, das gerade saniert wurde.

Ein lichter Flur. Ein Bad mit Wanne. An der Hauswand vor dem Küchenfenster wuchs ein Weinstock. Wenn man sich über die Spüle beugte und durch das Fenster langte, konnte man die Reben berühren. Vom Wohnzimmer aus waren die Markisen eines Straßencafés zu sehen. Es gab einen Parkettboden, den Yannick *Fischknochenholz* nannte, einen Erker und einen Kamin. Das Schlafzimmer zeigte zu einer Straßenflucht. Am äußersten Ende schien sich der Himmel anzuschließen. Yannick öffnete die Fensterflügel. Sie legten die Unterarme auf dem Sims ab und sahen hinaus. Als der Makler die Geduld verlor, sagten sie zu.

Yannick war auf Konzertreise, als Viola den Mietvertrag unterzeichnen konnte. Seine Unterschrift sollte er am Tag der Wohnungsübergabe nachholen.

Ein Januarmorgen. Eisblauer Himmel. Der Makler schloss ihr die Wohnungstür auf. Sie warteten im Flur. Es roch nach Wandfarbe und Heizungsluft. Als Yannick sich nicht einfand, versprach der Makler, nach dreißig Minuten wiederzukommen.

Viola ging durch die Räume. Die Weinranken vor dem Küchenfenster waren verschwunden. Wurzelspuren zeichneten sich auf dem Mauerputz ab. Durch das Wohnzimmerfenster sah sie die Brüstungen der gegenüberliegenden Balkone. Sie legte die Stirn an die Scheibe. Der Umzugswagen mit ihren Möbeln stand vor dem Haus. Zwei Träger in Parkas lehnten am Heck, Kaffeebecher aus Pappe in den Händen.

Im Schlafzimmer floss Morgenlicht über den Holzboden. Sie blieb im Türrahmen stehen. Sie sah auf die Uhr. Zog den Mantel aus. Zog ihn wieder an. Wählte Yannicks Nummer. Horchte auf das Klingeln, bis die Mailbox ansprang. Legte auf, wählte neu.

Der Makler kam zurück und verströmte Verdruss. Viola versuchte eine Entschuldigung und verabredete sich für den Nachmittag. Als er ging, blieb sie hinter der Eingangstür stehen, das Wagnis der leeren Wohnung im Rücken. Sie spürte, wie die Räume sich mit dem Schrecken füllten, dass nicht erkannt würde, was sie zu geben hatte.

Ein paar Minuten später kam Yannick. Sie hörte ihn im Treppenhaus pfeifen. Als sie die Tür öffnete, stand er auf dem Absatz, in der Hand ein Stück alte Tapete. Grün gemustert, steif von Leim. Sein Lächeln verschwand.

Auf den Stufen des Treppenhauses hatte Baustaub gelegen. Es gab ein kühles Geländer. Eine Glastür mit goldenem Knauf. Wandbriefkästen im Hausflur. Draußen die Gesichter der Umzugsmänner. Yannick kam ihr nicht nach.

Wohin auch? Sie starrte ins Dunkle. Er ist nicht so einer, der hinterherläuft, wenn es nichts mehr zu laufen gibt.

Die Wand des Abteils, gemasertes Plastik. In einer Falte des Vorhangs, der ihre Liege umgab, klebte ein Kaugummi. Viola spürte ihre Fäuste. Sie lagen wie Steine in ihrem Schoß. Die Verzweiflung belauerte ihren Körper und fand keinen Ort.

# Was es ist

Auf die Straßenseite des Hauses fiel Morgenlicht. Sie sah, dass der Goldregen am Balkongeländer Knospen trieb. Die Garage stand offen. Neben der eingeklappten Tischtennisplatte lehnte ein Besen.

Viola zog den Rollladen in der Küche hoch. Der Herd und die Arbeitsflächen, leergeräumt. Im Kühlschrank lagerten Äpfel und zwei Flaschen Buttermilch. Im Wohnzimmer waren die Vorhänge zugezogen. Auf dem Tisch stand eine Müslischüssel. Haferflocken waren am Rand festgetrocknet. Daneben hatte ihr Vater die Post für Violas Mutter gestapelt.

In ihrem ehemaligen Kinderzimmer stand das Fenster auf Kipp. Auf dem Bett drückte sich eine Wolldecke gegen die Wand. Darunter lag ein zerknittertes Leintuch. Ein Luftzug hatte Notizzettel vom Nachttisch auf den Teppichboden getragen. Gleichungen, Skizzen, einzelne Wörter. Eine Uhr tickte.

Unter dem Oberlicht im zweiten Stock stand eine Plastikwanne auf dem Treppenabsatz. Daneben hatte ihr Vater eine Kiste mit Dachschindeln deponiert. Wasser bedeckte den Boden der Wanne. An der Oberfläche schwamm ein Bleistift.

Die Tür zu seinem Büro stand offen.

»Papa?«

Sie trat ein. Im Zimmer war es warm. Es roch nach Kreide und Holz. Vor seinem Schreibtisch blieb sie stehen. Schnellhefter, Baukataloge, Materialproben aus Filz, Kunststoff, Metall. In einem Einmachglas standen Stifte. Zwischen zwei Ordnern lag sein Diktiergerät. Viola wusste, wie es klang, wenn er seine Gutachten auf Band sprach. Überdeutlich artikulierte er die Worte. Geschäftsmäßig, mit feldwebelhaftem Unterton. Sie nahm das Gerät in die Hand, drückte mit dem Daumen den Schalter herunter. Die Stimme ihres Vaters wieselte rückwärts. Viola ließ los.

»... noch untersucht werden Punkt neuer Absatz. Außerdem sollte Komma je nach Maßgabe des Bauherrn Komma eine neuerliche Prüfung der Gebäudestruktur zum Ende des kommenden Winters vorgenommen werden Punkt! Ende Kapitel drei Absatz vier.«

Es knackte. Ein übersteuertes Quietschen, dann rauschte das Band. Sie ließ es laufen. Nach einer Weile war ihr, als höre sie ihren Vater atmen. Es knackte erneut. Schritte, das Knirschen von Kies. Dann tönte ein entferntes Tschilpen aus dem Lautsprecher. Viola sah das Diktiergerät an. Das Tschilpen wurde mehrstimmig. Der Atem ihres Vaters kam näher.

»Heute ist der zwölfte März.« Seine Stimme klang weich. »Und jetzt geht gleich die Sonne auf.«

Vogelstimmen sangen, riefen. Sie parlierten, fielen einander ins Wort.

»Ende.« Es knackte, das Band lief geräuschlos weiter. Sie spulte zurück.

»Heute ist der zwölfte März. Und jetzt geht gleich die Sonne auf.«

Sie drückte den Schalter.

»... der zwölfte März.«

Papa, wo bist du?

»Und jetzt geht gleich die Sonne auf.«

Viola öffnete die Augen. Sie stellte fest, dass die Fensterscheiben im Gegenlicht Schlieren hatten. Hinter der Friedhofshecke führte ein Mann seinen Hund auf dem Kiesweg spazieren.

»Ende«, sagte ihr Vater auf Band.

Sie ging zurück in die Wohnung. An der Tür zum Arbeitszimmer ihrer Mutter hing ein Poster. Es zeigte den Schattenriss einer Landschaft, Viola hatte es in ihrer Schulzeit gemalt. Das Papier war an den Rändern vergilbt.

Sie drückte die Klinke herunter. Der Läufer, der zum Fenster führte, hatte an Farbe verloren. Sie stieß mit dem Fuß an eine Handtasche.

Auf dem Arbeitstisch stand ein Telefon. Ein Hauch Staub überzog den Hörer. Viola wählte Margaretes Nummer, horchte auf das Tuten in der Leitung. Vor dem Fenster war eine Erika vertrocknet. Daneben stand eine Käseglocke. Moos bedeckte die gläserne Haube. Der Blütenkirschbaum im Garten streckte einen Ast auf die Terrasse. Margaretes Anrufbeantworter sprang an. Viola hängte ein.

Sie blieb stehen, in der Enge des Raums von Regalen, Ablagen, Schränken umstellt. Bücher, Hefte und Ordner stapelten sich in der Stille. Schalen und Körbchen mit Trockenblumen, bunten Steinen und Murmeln, Teelichtern, Knöpfen bedrängten einander. Ihr Blick sprang über Stoffmuster, Reißnägel, Plastiktierchen, eine Packung Pralinen. Urlaubsaufnahmen und Zeitungsartikel klebten an den Regalvorsprüngen, Einkaufslisten, die Öffnungszeiten des Schwimmbads, Busfahrpläne, abgeschriebene Gedichte. Postkarten zeigten Mittelmeerstrände, Siamkatzen, die Jungfrau Maria, Häfen, Blumen und Fachwerkhäuser. Ihre Kindheit stand zwischen Chinastäbchen in einer Vase. Briefblöcke, Rechnungen, Notizzettel und zerfledderte Kladden, Filzstifte und Kassenbons bedeckten den Schreibtisch und alles, woran sie einst hatte glauben können. Die oberste Schublade stand offen. Sie sah Geschenkpapier, Kontoauszüge, Enttäuschung. Einen Lockenwickler inmitten der Blätter. Der Stiftehalter war mit Schmerz und Kleingeld gefüllt. Daneben lag ein Modekatalog. Eine Blockflöte klemmte zwischen den Seiten.

Viola trennte ihre Finger voneinander, die an der Haut rund um die Nägel rissen. Sie spürte die Enge im Hals, durch den sich der Atem zwängte. Ihr Körper füllte sich wie ein Ballon, der mit Wasser vollläuft. Sie biss die Zähne aufeinander. In ihrem Kiefer klopfte das Blut. Sie sah sich selbst. Über mein Leid gebeugt, fuhr ihr durch den Kopf. Als müsste ich es beschützen.

Ein Radiergummi rutschte von einem Stapel Papier. Das Geräusch blieb im Raum stehen. Die Ereignisse rückten zusammen. Die Festung ergab sich. Viola öffnete den Mund. Die Kälte der vergangenen Jahre nahm die Finger von ihrer Kehle.

Ein Schuh stieß gegen die Zimmertür. Die Falten eines Mantels schlugen um Hosenbeine. Margaretes Augen, die schmale Nase. Geöffnete Arme, fliegend.

Viola gab ihre Hände her. Gab ihr Gesicht. Die Schulter, an der sie lehnte, wurde nass. Jedes Mal, wenn sie schluchzte, spürte sie den Stoff von Margaretes Mantel, der an ihrer Stirn rieb.

*Er hebt den Kopf. Sein Atem streift meinen Oberarm. Der Widder stemmt sich hoch, stellt die Hufe auf.*

*»Bleib!« Ich drehe mich auf den Rücken. Will mich setzen, um besser denken zu können, da schiebt er mir seine Schnauze entgegen. Legt sie auf meine Brust, dorthin, wo es klopft.*

*Ich rühre mich nicht. Brust und Bauch, Arme und Beine, Füße, Hände, Finger, Gesicht. Eine Welle rollt durch meinen Körper. Der Mangel verlässt mich. Mein Herz atmet auf.*

*Sein Fellgesicht hebt sich zu meinem. In seinen Augen blitzen Weisheit und Schalk. Der Widder wendet sich ab. Galoppiert den Abhang hinunter.*

*Dort unten, am Ende der Wiese, stehen die drei dicken Frauen bei den Duschen. Ihre nasse Haut glänzt in der Sonne. Sie wringen die Badeanzüge aus. Von ferne kann ich sie lachen hören.*

—

Er stand mit dem Rücken zum Haus, in Strickjacke und Schäferhut. In der Hand hielt er einen Spazierstock und zeigte damit im Garten umher. Neben ihm hatte Margarete die Hände in den Manteltaschen vergraben. Sie wippte in den Knien und folgte mit dem Blick seinen Gesten. Dann wandte sie den Kopf Richtung Hausfront. Sie hob eine Hand und lächelte.

Viola rüttelte am Griff des Fensters, bis es mit einem Ruck aufsprang.

Ihr Vater drehte sich um.

»Ja, Grüezi«, rief er. »Wir diskutieren hier die Vegetation! Ich habe deiner Tante erklärt, was ich so alles plane.«

»Bist du gerade angekommen?« Er stand vor der Terrassentür und klopfte sich Erdklumpen von den Wanderschuhen. Seine Wangen leuchteten rosig. Er zog die Nase hoch.

»Lala, du ahnst es nicht. Ich habe ein Rädchen entdeckt, hinten an meinen Ohrmaschinen. Damit kann man das Hören verstellen. Das stand«, er beugte sich zu seinen Schuhen hinunter und lockerte die Schnürsenkel, »auf einem falschen Modus, Konzert oder Telefon oder Strand, was weiß ich. Jedenfalls war das verkehrt, und ich hab das jetzt reguliert, und es eröffnen sich …« Er richtete sich auf und schnaufte. Sein Gesicht war hell. »… Dimensionen.«

»Ja«, bestätigte Margarete beim Abendessen. »Da hast du viel Arbeit, lieber Bruder.« Sie hatte eine Auflaufform mit Gemüselasagne mitgebracht und im Esszimmer den Tisch gedeckt.

»Im Garten? Meinst du etwa, das schaffe ich nicht mehr? Weil ich vorher schon sterbsen muss?«

Margarete schnupfte Luft durch die Nase.

Violas Vater führte die Hand zur Brust. »Doch mein Härz«, sang er, »soll dir für immer grüüünen.«

Margarete kicherte. Sie schüttelte den Kopf.

»Ich habe noch einiges vor, kann ich dir sagen.«

Er kündigte an, sein Patent am eigenen Haus testen zu wollen.

»Zur Sanierung unseres Dachs! Und du, Viola, kommst mit einem Filmteam aus deiner Werbeabteilung dazu und nimmst alles auf. Dann haben die Abnehmer eine Vorstellung.« Seine Lippen schnappten nach einer Gabel Gemüse. »Denn«, rief er mit vollem Mund, »die Sache … ist … viel zu … interessant! Nachdem ich nun weiß: Ich habe tatsächlich eine neue Variante der Zimmerei gefunden. Die sich vielseitig anwenden lässt. Zum Beispiel schwebt mir ein demontabler Blumentrog vor. Hochmodern! Und es gibt Skizzen über eine Brücke aus Schwimmkörpern, die den Wellengang auffängt durch eine entsprechende

Verseilung mit Nylonseilen, und die befahrbar«, er spuckte ein Stückchen Gemüse über den Tisch, »pardon, ist, mit schwersten LKWs bis zu zwanzig Tonnen. Zur Erschließung von Sumpfgebieten, wo Erdöl ist oder Schwermetall, das man sucht. Oder einzelne Bäume, die es nicht mehr …« Er verschluckte sich und fing an zu husten.

Margarete klopfte ihm auf den Rücken. Viola half mit. Die Schultern ihres Vaters waren knochig. Sein Gesicht war rot angelaufen. Er winkte ab.

»Meine Güte«, brachte er hervor. Seine Stimme klang rau. Er schnäuzte in seine Serviette. »Vielleicht hast du recht, Schwester. Womöglich werde ich langsam alt.«

Margarete goss Wasser nach. Violas Vater griff nach seinem Glas und schlürfte es leer.

»Noch etwas anderes.« Er räusperte sich. Seine Augen wanderten über den Tisch. Sie blieben an Gläsern und Tellern hängen, an Messern, Gabeln, Servietten.

»Ich saß ja an ihrem Bett.« Er zupfte an seiner Nase. »Und saß da und saß. Irgendwann habe ich mich gefühlt, als hätte man mir sämtliche Knochen entnommen. Und ich habe festgestellt, wie soll ich sagen …« Er warf Viola einen Blick zu. »Deine Mutter … Ich hatte den Eindruck, ich störe. Als hätte sie etwas mit sich auszumachen. Und wäre dabei lieber allein. Da bin ich aufgestanden und bin gegangen.« Er atmete ein.

Margarete legte die Unterarme auf dem Tisch ab und sah auf ihren Teller.

»Ja. Ich hatte dann sozusagen frei, nicht wahr. Und habe mich mal ins Auto gesetzt und bin hochgefahren nach Grünwald. Und bin dort ein bisschen durchs Dorf gewalzt. Die Schenke, in der wir als Kinder gespielt haben, die gibt es noch. Den Hanselehof.«

Margarete lächelte ihre Gemüselasagne an.

»Der muss anno siebzehnhundertsiebzig«, fuhr er fort, »ja, würde ich schätzen. Siebzehnhundertsiebzig … fünfundsiebzig, das kommt hin. Ein wunderschönes Gebäude.«

Er beugte sich vor, guckte die Tischdecke an. Mit der Hand strich er über den Stoff. Es sah aus, als wolle er mit seinen Fingern die Worte bündeln.

»Ich saß da in der Stube neben dem Kachelofen und habe mir ein Bier genehmigt. Ich war der einzige Gast. Und als die Wirtin rausgegangen ist, da macht es plötzlich *Knack*. Das habe ich gehört. Und ich habe gewusst: Jetzt hat mich das Gebäude begrüßt. Es hat geknackt.«

Sie schwiegen.

Seine Hand lag neben dem Teller und ruhte sich aus. Runzeln überzogen den Handrücken. Der Ehering hatte

Spiel. Viola sah den feinen Zwischenraum zwischen Finger und Metall. Sie legte ihre Hand zu seiner.

»Mein lieber Bruder.« Margarete hob den Kopf. »Ja. So ist das.«

Sie stand im Mantel in der Tür, in der Hand einen Korb mit der Auflaufform. Im Nebenraum klapperte Geschirr. Violas Vater schlappte vom Esszimmer in die Küche und pfiff. Ins Spülbecken rauschte Wasser.

»Du wirst sehen«, sagte Margarete, »es wird gut. Hab keine Angst vor der Freude.«

Ihre Augen streichelten Violas Gesicht. Viola nahm wahr, dass Margaretes Kopf zitterte. Ein leises Nicken, das alles verstanden hatte.

In der Nacht hörte sie das Plätschern des Friedhofbrunnens durch das Fenster. Alle Viertelstunde schlug die Kirchturmuhr. Um kurz nach zwei brachen die Enten am Dorfteich in heftiges Schnattern aus, das schlagartig wieder erstarb. Der Dachstuhl knackte. Zugluft ließ das Glas der Zimmertür erzittern. Um Viertel nach drei stand sie auf. Sie zog ihr Jackett über das Schlafhemd. Barfuß schlich sie die Treppe hinunter. Im Wohnungsflur sah sie, dass Licht in ihrem Kinderzimmer brannte.

Ihr Vater schlief auf dem Rücken im Schein der Bettlampe. Unter seinen Händen lag eine Zeitung. Auf dem Nachttisch stapelten sich Fachzeitschriften. Obenauf hatte er seine Brille abgelegt.

Zwischen Zimmertür und Bett war der Teppichboden abgewetzt. Ihr Vater hatte einen Bettvorleger ausgerollt. Sie zog die Beine ihrer Schlafanzughose hoch und ging in die Hocke.

Das Holz des Bettgestells war abgestoßen. Auf der Frontseite der Bettschublade entdeckte sie wasserfesten Filzstift. Buchstaben und Herzen, Sternchen, Fragezeichen. Vermächtnisse ihrer Pubertät. Viola fasste in die Griffe des Schubfachs, es glitt nahezu geräuschlos auf. Staub wolkte ihr entgegen. Unter grauem Flaum lag ein Stapel Schulhefte. Daneben Papierrollen, ein Farbkasten, Pinsel. Stricknadeln. Ein Einmachglas mit Knöpfen. Muschelschalen waren aus einer Gefriertüte gerutscht und bedeckten den Schubladenboden. Hinter einem Packen blauer Zeugnismappen stand eine Kiste. Viola schob mit der Handkante eine Schicht Staub vom Deckel. Sie hob die Kiste an. Stellte sie auf den Teppich und klappte sie auf.

Ziegelrot bemalte Pappe. Dort, wo der Stiefel ihrer Mutter zugetreten hatte, war sie eingeknickt. Viola berührte den gewellten Karton. Er roch nach Tusche. Ihre Hände glitten in die Kiste. Die Spanplatte hielt. Sand rieselte auf den Teppich. Sie stellte das Haus vor ihren Knien ab. Zwischen den Pappwänden klapperten Streichhölzer.

»Ja, sag mal.« Bettzeug raschelte. Ihr Vater stützte sich auf einen Ellbogen und blinzelte. »Was machst du denn da?« Mit einer Hand tastete er nach seiner Brille.

»Ich konnte nicht schlafen.«

»Wie bitte? – Moment.«

Er warf die Decke zurück und zog die Beine aus dem Bett. Sie sah seine Füße, die aus einer Pyjamahose stakten. Er klappte das schwarze Kästchen auf dem Bettrand auf und kontrollierte mit Sorgfalt die Einstellung seiner Hörgeräte, ehe er sie einsetzte. Dann folgte er Violas Blick.

»Ha! Donner und Doria.« Er betrachtete das kleine Gebäude, das neben seinen Füßen auf dem Boden stand. »Haben wir das nicht gebaut seinerzeit?«

Sie nickte.

Er kratzte sich am Kinn. »Das ist kaputt!«

»Das stimmt.«

»Dabei war das eine Mordsarbeit, du. Sogar mit Tümpel.« Er überlegte. »So was würde man im Grunde nicht machen. Wenn es Kinder im Haus gibt, die könnten ins Wasser fallen. Alles schon dagewesen.«

Viola strich über den brüchigen Filz. »Und irgendwie auch schlimm bürgerlich, oder? So ein Gartenteich.«

»Na, das hast du damals gewollt. Wenn ich mich recht erinnere. Ich hab die Materialien ausgewählt, aber wie was sein soll, das hast alles du gefunden. Warum ein Garten. Und warum ein Teich.« Er beugte sich vor und stützte die Ellbogen auf den Oberschenkeln ab. »Dahinter, das ist ein Weg, hm? Und dann kommen Tannen.«

»Das war eine gute Entscheidung.«

Er schnalzte mit der Zunge. »Hier.« Er streckte den Finger aus und bog ein Stück eingerissene Pappe nach oben. »Meine Dachkonstruktion könnte sich da hervorragend machen. Vorn ein Stück Flachdach, für eine schöne große Terrasse. Mit einem Tisch. Und Pflanzen. Wie eine Art Sonnendeck, weißt du?«

Viola zögerte. »Dann würde ich aber eine Fensterfront einbauen, Richtung Süden, durch die den ganzen Tag Licht fällt. Wie bei uns, nur viel größer.«

»Noch größer? Das wird energieökonomisch ganz schwierig. Was das im Winter an Heizöl kostet, so eine Glasfläche. Enorm!«

»Würde ich trotzdem machen.«

Er brummte. »Du hast Nerven.«

Schweigend besahen sie das Haus.

»Den Teich kann man im Grunde ganz einfach entfernen«, erwog ihr Vater. »Da müssen hier nur die Nägel raus.«

»Und dann?«

»Dann kommt da ein Sandkasten hin.« Er riss den Mund auf und gähnte. »Oder eine Schaukel.«

»Und wenn es keine Kinder gibt?«

»Die kommen schon.« Violas Vater drückte die Hände auf den Knien ab. »Moment.« Er schob sich in den Stand und fuhr in seine Pantoffeln, die am Fußende des Betts standen. »Gleich wieder da.« Er ging zur Tür.

Viola zog die Wolldecke von der Matratze und schlang sie um ihre Schultern. Sie hörte, wie ihr Vater den Telefonschrank im Flur öffnete. Gegenstände wurden hin und her geschoben. Metall klirrte auf den Fliesen. Als er zurückkam, trug er seinen Werkzeugkasten. Viola erkannte ihn wieder. Ein schweres Behältnis aus Metall, angefüllt mit Utensilien aller Art. Ihr Vater hütete ihn wie eine Schatzkiste.

»So.« Mit dem Ellbogen drückte er den Schalter neben der Zimmertür herunter. Das Licht der Nachttischlampe wurde durch den Schein des Deckenlichts verstärkt. »Mach mal Platz.«

Sie rückte zur Seite. Ihr Vater zog an seiner Schlafanzughose und ließ sich mit einem Ächzen neben ihr auf den Knien nieder.

»Lass sehen.«

Er drückte die Griffe des Kastens auseinander. Laden und Fächer öffneten sich. Werkzeug, Metall, kleine Schachteln und Kisten. Nach einigem Suchen holte er eine Zange aus dem untersten Fach.

»Weißt du«, er schob die Brille auf die Nasenspitze und beugte sich über die Spanplatte, »manche Menschen verbinden etwas mit so einem Teich. Eine gepflegte Heimat. Seerosen. Goldfische. Das tragen die vor sich her.« Er zog einen Nagel nach dem anderen aus dem Holz. »Wieso haben wir den eigentlich nicht angeklebt?«

»Damit er Wellen wirft.«

»Aber es ist gar nicht gesagt, wenn alles so glatt läuft, dass das auch so gemeint war. Dieses Triumphatum möchte ich doch ein wenig begrenzen. Wenn ein Bein wegfällt, kann man immer noch sitzen.«

»Wovon redest du, Papa?«

»Vom Schemel!« Er zog den letzten Nagel, löste den Filz vom Untergrund und gab ihn an Viola weiter. Dann wandte er sich wieder seinem Werkzeugkasten zu. »Diese heile Welt, Vater, Mutter, Kind, die gibt es doch gar nicht an sich.

Die muss täglich erarbeitet werden. Humor gehört dazu, vor allem. Als Schmierstoff.«

»Hatte bei uns keiner.«

»Ah-ha!« Ihr Vater hielt eine Tube Sekundenkleber zwischen Daumen und Zeigefinger. »Ordnung ist das halbe Leben.«

Er drehte den Deckel auf und neigte sich über das eingerissene Dach. »Ach, schau mal her.« Er übergab Viola den Kleber. Mit zwei Fingern tauchte er zwischen die auseinanderklaffenden Enden der Pappe und klaubte ein Stück Ast hervor.

»Die Badewanne«, rief Viola.

Ihr Vater lachte. »Die lassen wir drin.«

Sie guckte durch das offene Dach. »Das Bad ist zu klein, findest du nicht?«

Sie diskutierten die Aufteilung der Zimmer und entschieden, im Hausinnern einige Wände zu versetzen. Im Anschluss setzte Viola durch, dass die Möblierung ausgedünnt wurde. Was übrig blieb, wurde neu geordnet. Mit einem Stofftaschentuch säuberte ihr Vater das Dach und fügte die verletzten Enden zusammen. Er bestand auf einem Sandkasten. Viola bestand auf einer Vergrößerung der Fenster. Die Garage funktionierten sie in ein Gästehaus um. Nach kurzem Streit bestand Einigkeit darüber, dass die

Steinflächen im Garten durch Büsche und Gras ersetzt werden sollten.

Viola taillierte Streichhölzer. Sie schnitt Pappe zurecht und ribbelte eine Wollsocke auf. Er kramte im Werkzeugkasten, schraubte, hämmerte und klebte, sprach über die Emotionalität von Gebäuden und aß Knäckebrot.

Als das Morgenlicht durch die Ritzen der Rollläden kroch, hockten sie am Bettrand, den Rücken an die Matratze gelehnt. Das Modellhaus stand vor ihnen.

»Ich find's besser als vorher«, sagte Viola.

»Hm!«

Sie schob ihre Brille in die Haare und rieb sich die Augen.

Draußen wurde die Stimme eines Vogels hörbar. Das Tschilpen klang zögerlich. Ein zweiter Vogel setzte ein. Ein dritter. Der Gesang wurde vielstimmig. Er gewann an Selbstverständlichkeit. Sie hörten zu, die Augen geschlossen.

»Gehn wir schlafen«, brummte ihr Vater. »Ich bin hundemüde.«

Als sie im Wohnungsflur stand und die Tür zum Treppenhaus öffnete, klingelte das Telefon. Ihr Vater stellte den Werkzeugkasten ab und griff nach dem Hörer.

»Schelling?«

Er lauschte. Schwieg mit offenem Mund.

Viola spürte, wie ihr Körper stockte. Nicht, dachte sie. Bitte nicht.

»Danke«, murmelte ihr Vater. »Vielen Dank.«

Er ließ den Telefonhörer sinken. Sie sah, dass das Hemd seines Schlafanzugs schief saß, er hatte ein Knopfloch übersprungen.

»Deine Mutter«, sagte er. »Deine Mutter ist wach.«

# Weiter

»Bleiben Sie nicht zu lang. Eine Viertelstunde fürs Erste.«

Die Ärztin zog sich Latexhandschuhe von den Händen. Die Nacht hatte Kerben in ihre Mundwinkel gegraben. Viola hörte, wie ein Wägelchen mit Medikamenten aus der Deckenöffnung über ihren Köpfen rumpelte. Die Müdigkeit packte das Geräusch in Watte.

Die Ärztin streckte die Hand aus. »Ich freue mich für Sie.«

Ihr Vater ließ seine Baskenmütze fallen. Viola bückte sich. Blut pulste durch ihre Schläfen.

»Wundern Sie sich bitte nicht, wenn sie etwas seltsam sein sollte«, sagte die Ärztin. »Sie ist bei sich, nur kann sie sich noch nicht an alles erinnern. Das kommt aber wieder. Die Eckdaten weiß sie bereits, wir haben das überprüft.«

Sie schwiegen. Hinter dem Rücken der Ärztin querte ein Pfleger mit einer Rollbahre den Stationsflur und verschwand hinter einer Tür.

»Eckdaten«, sagte Violas Vater.

Die Ärztin atmete ein. »Was ihre Identität angeht. Wer sie ist, wo sie wohnt, ihr Alter. Dass Sie die Tochter sind«, sie hob die Hand, »und Sie der Ehemann …« Sie stutzte. »Können Sie mir folgen?«

»Na sicher, sicher«, sagte Viola schnell. Sie sah zu ihrem Vater.

»Jaja! Mhm-mhm.« Er riss die Augen auf. »Und wie geht's jetzt weiter?«

»Sie bleibt noch ein, zwei Tage hier, zur Überwachung. Dann muss sie zurück in die Reha.« Die Ärztin zog die Tür zur Intensivstation auf und wandte sich Richtung Flur.

»Eins noch.« Sie drehte sich wieder um. »Würden Sie ihr bitte einen Koffer packen? Sie braucht dringend etwas Kleidung, um sich hier bewegen zu können.«

Der Mund ihres Vaters klappte auf. Viola verkniff sich ein Grinsen.

»In Ordnung?« Die Ärztin sah erstaunt aus.

Violas Vater kicherte.

»Doch, doch.« Viola grinste breit.

»Sie wissen schon. Eine Jogginghose, einen Bademantel …«

Viola knetete ihre Stirn. Sie versuchte, das Gesicht hinter ihrer Hand zu verbergen. Ihr wurde warm. Aus den Augenwinkeln sah sie, wie ihr Vater den Kopf senkte und sich an der Nase zupfte.

»… ein Paar Hausschuhe.« Der Blick der Ärztin pendelte zwischen Viola und ihrem Vater hin und her. »Am besten ohne Verschlüsse, damit sie sich nicht bücken muss.«

»Mja«, presste Viola hervor.

»Sie finden schon das Richtige.«

Der Mund ihres Vaters begann zu zucken. Dann platzte das Lachen aus ihm heraus.

»Ist das jetzt lustig?« Die Ärztin runzelte die Stirn.

Viola winkte ab. Sie versuchte, das Kichern wegzuhusten. Dann verlor auch sie die Beherrschung.

»Es ist nur …«, gackerte sie. »Es ist …« Sie fuchtelte mit den Händen. Erfolglos bemühte sie sich, ihre Gesichtsmuskeln unter Kontrolle zu bringen.

Die Schultern ihres Vaters zuckten. Er hielt sich die Hand vor den Mund. Hinter den Brillengläsern wurden seine Augen zu Schlitzen.

»… nur …« Sie rang nach Luft.

Ihr Vater krümmte sich. Sein Lachen wurde zu einer Art Wiehern.

Die Ärztin zog die Augenbrauen hoch.

»… nur, weil …« Viola presste eine Hand auf den Bauch. Tränen liefen aus ihren Augenwinkeln.

»Ah«, heulte ihr Vater. »Aaah.« Sein Oberkörper bog sich vor und zurück.

»Also.« Die Ärztin sprach über den Lärm hinweg. »Ich verstehe nicht ganz, was Sie jetzt so zur Heiterkeit anregt …«

Viola klappte vornüber. Sie spürte, wie der Schweiß an ihren Rippen herablief. Die Ärztin wandte den Kopf ab. Die Tür zur Station fiel ins Schloss. Ihr Vater wimmerte. Viola vergrub das Gesicht an seinem Mantelkragen und roch Schrankluft und Lavendel.

Vor jedem Gedanken war schon einer. Nach jedem Gedanken kommt der nächste. Man erinnert sich, spinnt Theorien, rechnet, vergleicht, sorgt sich, fantasiert und ist bemüht, alles richtig zu machen. Viola sah auf. Ihr Vater hockte mit angezogenen Knien an der Wand, seine Stirn lag auf den Unterarmen.

Allerdings kann keiner beweisen, dass die richtigen Dinge durch Denken entstehen. Es ist nicht einmal klar, wer eigentlich denkt. Und was kommt, wenn das Denken aufhört. Sie horchte.

Ihr Vater hob den Kopf. Er führte seine Hände zu den Schläfen und schob das Haar zurück. Dann lehnte er sich zur Seite, zog sein Stofftaschentuch aus der Hosentasche und schnäuzte hinein.

»Papa.«

Er steckte es zurück und sah sie an. »Hm!«

»Ich kann da nicht reingehen mit dir.«

Sein Gesicht blieb ruhig. Stirn und Lippen rührten sich nicht. Hinter seiner Brille sah es aus, als sei er mit offenen Augen unter Wasser geschwommen.

»Verstehe«, sagte er. »Was soll ich ihr sagen, wo du bist?«

—

»Weißt du. Ich habe mir viele Gedanken gemacht in letzter Zeit über dich. Und ich bin zu dem Ergebnis gekommen, dass ich im Grunde zu wenig …«

»Ich weiß, Papa.«

»Ja?« Er sah zu ihr hoch. Hinter seinem Rücken zogen Reisende mit Taschen und Koffern vorbei.

Sie stand mit eingezogenem Kopf in der Zugtür. »Das ist in Ordnung. Mach dir keine Sorgen.«

Eine Ansage hallte über den Bahnsteig. Neben Violas Ohr setzte ein Warnsignal ein. Die Zugtür glitt an ihr vorbei und schloss sich vor ihrem Gesicht.

»Keine Sorgen«, lautmalerte sie, den Mund an der getönten Scheibe.

Ihr Vater beugte sich vor. Er sah sie und nickte.

Als der Zug anfuhr, hob er die Hand und winkte. Es sah aus, als wolle er mit seinen Fingern das Flattern eines kleinen Vogels nachahmen.

Die Räder auf den Gleisen rauschten. In der Sitzreihe hinter ihr knisterte eine Zeitung. Viola knöpfte den Mantel auf. Sie hob ihre Handtasche aus dem Fußraum und stellte sie auf dem Sitzplatz neben sich ab.

Bernards Plätzchentüte lag zuoberst. Es dauerte eine Weile, bis sie den Knoten aufbekam. Der Geruch von Kakao und Butter strömte ihr entgegen. Außen waren die Plätzchen knusprig, innen waren sie weich.

Weit weg von hier gibt es eine Schreibtischinsel. In einer Schublade des Tischs liegt eine Plastikbox mit Visitenkarten, auf denen mein Name steht. Sie leckte sich Kekskrümel von den Fingern. Weit weg von hier, hinter einer Wohnungstür, an der mein Name steht, zerknittert Bügelwäsche in einem Korb.

Viola lehnte den Kopf in den Sitz. Die Bilder verblassten. Dort, wo sie hergekommen waren, wollte etwas Neues entstehen. Sie schloss die Augen. Schokoladensplitter schmolzen in ihrem Mund.

Draußen flogen die Dächer der Vororte vorbei, Pferdekoppeln, Bäume. Ein Fußballfeld zog vorüber. Eine Kleingartensiedlung. Felder. Die Wolkendecke zerriss. Zwischen weißen Fetzen zeigte sich der Himmel.

M. Schelling
Kartäuserweg 1 8
79221 WI

V. schelling
Straßburger Straße 40

441..?? K

Betreff: Deine Wiederkunft (damit ich nicht so ein sambin)

Dank für dDeine interessante Post, die mich err eicht hat.
Natürlich freuen wir uns,wenn Du wieder kommst,bei gutem
Wetter können wir etwas Sc hönes unternehmen. Und hier wartet ein
Kehr- Set auf Dich,, Die gab es bie Aldi im Angebot.

Nein, die Sahce mit demKomputer ist für mich sehr schwieri .g

Frühling '08

Mit freundlichen Grüßen.

Mein liebes Lindchen,

in der vergangenen Komputer-Stunde (vor einer Woche)
habe ich mithilfe des Dozenten diesen Brief angefangen.
Und dieses Mal waren wir im Internet.
Was für eine Wunderwelt!
Ich habe, dem Dozenten sei Dank, das Rezept für eine
Thunfischpizza herausgeholt.

Heute muss ich zur Krankengymnastik (gleich) —
und danach treffe ich Ines die Pfadfinderin,
die ja alles besser weiß.

Viele Küsschen!

Deine Mama, die Dich jetzt 35 Jahre lieb hat

Fünf Jahre, zehn Monate und anderthalb Wochen später, an einem Februartag, dessen Milde und Helligkeit alle erstaunte, verkaufte Viola das Haus ihrer Eltern.

Nach dem Notartermin traf man sich dort. Der Goldregen war vom Balkongeländer über die Dachrinne gewuchert. Die Steinplatten des Vorwegs hatten Risse. Überall wuchs Farn.

Viola ging voraus. Im Treppenhaus sprang eine Leuchte an, flackerte unregelmäßig. Ihre Stimmen hallten. Oben stand der Eingang zur Wohnung offen und gab den Blick ins Wohnzimmer frei. Weiter Raum. Die Schiebetür nach draußen, ein überstrahlendes Rechteck aus Licht.

Zurück in der Sonne liefen sie mit tastenden Schritten über die Terrassenfliesen, auf die es am Vorabend geregnet hatte. In den Blumentrögen wuchs Gras.

»Pass auf, kleines Herz.« Viola wandte sich um. »Wauwau wird nass.«

Sekt und Saft waren mitgebracht worden. Viola übergab die Schlüssel. Sie steckten in einem Ledertäschchen mit krummen Ecken, das früher die Jackentasche ihres Vaters ausgebeult hatte. Sie sah in die hellen Gesichter der Käufer und wurde von Wehmut überrascht. Dann kam die Freude darüber zurück, dass eine Familie an diesem Ort glücklich werden würde.

Alle hoben die Gläser. Die neuen Besitzer deuteten über Haus und Garten und erklärten einander, wie sie sich die Sanierung vorstellten. Viola entdeckte eine Wäscheklammer aus verblichenem Plastik auf einer Fensterbank. Neben der Terrassentür lehnte die Kurbel aus Metall, mit der die Markise sich abrollen ließ.

Als Kind hatte sie hier in der Sonne gedöst, die Beine langgestreckt, den Rücken an die Schindeln der Hauswand gelehnt. Frei von Gedanken. In Wärme gehüllt.

Sie trat zur Seite, kam nah heran. Die Schindeln waren warm. Sie rochen nach Sommer und Staub.

»Maman – jetzt!«

Viola hob den Blick, lachte. Ein kleiner Stoffhund flog auf sie zu und warf seinen Schatten. Sie hielt die Hände auf.